みみずく小僧

八丁堀剣客同心

鳥羽亮

時代小説文庫

角川春樹事務所

目次

みみずく小僧

八丁堀剣客同心

第一章　押込み

1

丁稚《でっち》の浅吉《あさきち》は風音で目を覚ました。

表の大戸が、ゴトゴトと重い音をたてていた。庇《ひさし》の下を吹き抜ける風音も聞こえた。強風が吹いているらしい。

日本橋室町《むろまち》にある太物《ふともの》問屋、野田屋《のだや》だった。丁稚部屋は夜陰につつまれていたが、明かり取りの窓から射し込んだ月光で障子がほんのりと明らみ、部屋の様子がぼんやりと見てとれた。両隣に寝ている丁稚の竹助《たけすけ》と浜七《はましち》は、口をあんぐりあけたまま鼾《いびき》をかいている。

浅吉は眠ろうと思って目をとじたが、尿意をもよおし、夜具から這《は》い出して廊下側の障子をあけた。厠《かわや》は廊下を隔てたむかいにある。

廊下は暗かったが、間取りが分かっていたので、浅吉は手探りで厠へ行くことができた。風音が絶え間なく聞こえている。

浅吉は厠で用をたし、厠から廊下へ一歩踏み出したところで、体が凍りついたように固まった。廊下の先に、灯の色が見えたのだ。

……だ、だれかくる！

灯が闇のなかで揺れていた。手燭《てしょく》らしい。その灯に照らされた黒い人影が見えた。黒ずくめである。

店の者ではない、と浅吉は直感した。押込みではないかと思い、両膝がガクガクと震えだした。

押込みらしい人影が、こちらに近付いてくる。

足音がはっきりと聞こえた。ひとりではない。何人か分からないが、複数いることはまちがいない。

……見つかったら、殺される！

と思い、浅吉は震えながら後じさった。

浅吉は厠から廊下へ出る板戸を音のしないようにしめた。板戸は音をたてたが、幸い近くの雨戸を打つ風音にまぎれた。押込みは気付かなかっただろう。

浅吉は板戸に張り付くように身を寄せ、廊下の様子をうかがった。顫《ふる》えと動悸《どうき》で、立っているのもやっとだった。

足音が板戸のむこうで聞こえ、一瞬板戸の割れ目から灯の色が見えたが、すぐに消えた。通り過ぎたらしい。足音が離れていく。

浅吉は足音から押込みは三、四人いたような気がした。押込みは店の表から廊下を通って奥にむかったらしい。

浅吉は足音が聞こえなくなると、すこし板戸をあけて首を伸ばし、廊下の先に目をやった。

……いる！

廊下の奥の突き当たりに灯の色があった。

ぼんやりと明らんだなかに、ふたりの人影が見えた。淡いひかりで、人影はぼんやりしていた。ひとり、刀を差しているのが分かった。武士らしい。もうひとりは、腰《こし》切半纏《きりばんてん》に股引《ももひき》姿のように見えた。

ふたりの他にもいるようだが、姿が見えなかった。

浅吉は、押し入った賊が内蔵をあけようとしていることに気付いた。廊下の突き当たりの左手に内蔵があった。手燭を手にした賊が、内蔵の近くにいるらしい。

押込みは内蔵を破ろうとしている、と浅吉は気付いたが、そこから動けなかった。

押込みに見つかったら殺される。

浅吉は板戸の間から首を伸ばした恰好《かっこう》のまま身を硬くしていた。すると、廊下の突き当たりのひかりが急に明るくなった。燭台を手にした賊が、内蔵の前から廊下に出てきたのだ。

廊下の突き当たりにいた賊のふたりが、燭台の灯に照らされてはっきりと見えた。

……みみずく！

浅吉は、賊の顔がみみずくに見えた。

丸い大きな目、とがった両耳——。

絵双紙で見たことのあるみみずくの顔だった。浅吉は恐怖で身が竦《すく》み、凍りついたように固まった。

足音が聞こえた。廊下をこちらに歩いてくる。三、四人いるようだった。

浅吉は板戸をしめて厠の前の暗闇のなかに屈《かが》み込んだ。両手で体を抱くようにして身を顫わせている。

足音はしだいに遠ざかり、まったく聞こえなくなった。

浅吉は、音のしないように板戸をすこしあけ、首だけ突き出して廊下に目をやった。

灯の色も、人影もなかった。廊下の突き当たりにある帳場は漆黒の闇につつまれ、何も見えなかった。

風音だけが聞こえた。風が大戸をたたき、ひゅうひゅうと庇の下を吹き抜けていく。

賊のいる気配はなかった。店から出たらしい。

浅吉は廊下に出ると、すぐに丁稚部屋にもどった。

「お、起きろ！　竹助」

浅吉は眠っている竹助を揺り動かした。

「……あ、朝かよ」

竹助が寝ぼけ眼《まなこ》を擦りながら言った。

「お、押込みだ！」

浅吉が甲走った声を上げた。

「押込みが、どうしたんだよ。……まだ、真っ暗じゃァねえか」

「盗人が、店に入ったんだよ！」

言いざま、浅吉は竹助の夜具をひっぺ返した。

つづいて、浅吉は浜七も起こし、

「押込みが、店に入ったんだ！」

と、声を大きくして言った。

「ま、まだ、店にいるのか」

浜七が声を震わせて訊《き》いた。

「いないようだ。……店から出たらしい」

「なにか、盗んだのか」

「分からないが、内蔵の方に行ったぞ」

「栄次郎《えいじろう》さんと盛助《もりすけ》さんに、知らせよう」

竹助が、慌てて寝間着のはだけた襟を掻《か》き合わせた。栄次郎と盛助は手代だった。

野田屋の手代は、ふたりだけである。

浅吉たち三人は隣の手代部屋に行き、押込みのことを知らせた。話を聞いた栄次郎たちは動転したが、ともかく、番頭さんに知らせようということになり、すぐに奥の番頭部屋に行き、番頭の峰蔵《みねぞう》に押込みが入ったことを話した。

「押込みだと。寝ぼけて、見まちがえたんじゃァないのかい」

峰蔵は信じなかった。

「はっきりと見ました。みみずくのような顔をしてたんです」

浅吉がむきになって言った。

「みみずくだと！」

峰蔵が、驚いたような顔をした。

竹助や栄次郎たちも息を呑《の》んで、浅吉の顔を見すえた。

「みみずくのような顔をした賊が、内蔵まで行ったんです」

浅吉が言った、

「暗がりで、そう見えただけではないのか」

「そうかもしれない……」

浅吉は肩を落とした。自分でも、はっきりみみずくのような顔をしていたとは言い切れないのだろう。

「内蔵だな。ともかく、行ってみよう」

峰蔵は、座敷の隅の小簞笥《こだんす》の上に置いてあった火打具を使って手燭に火を点《つ》けた。その手が震えている。

明かりを手にした峰蔵を先頭に、手代と丁稚がひとかたまりになって内蔵にむかった。

2

天野《あまの》玄次郎《げんじろう》が八丁堀の組屋敷から出ようとすると、

「天野の旦那、押込みですぜ」

戸口で待っていた小者《こもの》の与之助《よのすけ》が、昂《たかぶ》った声で言った。

天野は南町奉行所の定廻《じょうまわ》り同心だった。これから、奉行所に出仕するところである。

「場所は」

天野の顔がひきしまった。

「室町の太物問屋、野田屋だそうで」

与之助によると、組屋敷に来る途中、顔見知りの岡っ引きから話を聞いたそうだ。

泉次《せんじ》という岡っ引きで、これから室町に行くところだったという。

「殺された者がいるのか」

「それが、まだ分からねえんで。泉次も、野田屋に押込みが入ったことしか知らなかったでさァ」

「ともかく、行ってみるか」

奉行所への出仕は現場を踏んでからだ、と天野は思った。

天野は与之助を連れて、室町へむかった。組屋敷のある八丁堀から日本橋室町は、そう遠くない。

天野と与之助は組屋敷のつづく八丁堀を西にむかい、楓川《もみじがわ》にかかる海賊橋を渡って日本橋に出た。

日本橋を渡った先が日本橋室町である。室町は日本橋通り沿いに一丁目から三丁目までつづいている。

室町三丁目に入って間もなく、

「旦那、あれが野田屋ですぜ」

与之助が前方を指差した。

土蔵造りで二階建ての店だが、それほど目立たなかった。通り沿いには呉服屋、太物問屋、両替屋などの大店《おおだな》が並んでいたのだ。

野田屋の表戸はしまっていた。脇の戸が一枚だけあいていて、その前に人だかりができていた。そこから、店に出入りしているらしい。

戸口に集まっているのは、通りすがりの野次馬もいるようだったが、岡っ引きや下っ引きらしい男の姿が目立った。押込みと聞いて、駆け付けたのだろう。

天野たちが人だかりのそばまで来ると、

「前をあけてくんな」

と、与之助が声をかけた。

すぐに、その場に集まっていた男たちは身を引き、天野たちに道をあけた。天野は黄八丈の小袖を着流し、羽織の裾を帯に挟む八丁堀同心独特の恰好をしていたので、名乗らなくとも、八丁堀同心と知れたのだ。

店のなかは薄暗かった。土間があり、その先がひろい畳敷きの間になっていた。客と商談する座敷らしい。土間と座敷に、男たちが集まっていた。店の奉公人や岡っ引きたちのなかに、八丁堀同心の姿もあった。北町奉行所、定廻り同心の矢口《やぐち》利三郎《りさぶろう》だった。矢口はまだ若く、同心の経験も浅かった。

座敷の左手奥に帳場格子が置いてあった。そこが帳場である。その帳場格子の前に矢口が立ち、店の奉公人らしい男から何やら聞いていた。

天野が入って行くと、土間にいた岡っ引きの稲七《とうしち》が近寄ってきて、

「旦那、内蔵が破られたようですぜ」

と、小声で言った。

稲七は、まだ二十歳を過ぎたばかりだった。天野が手札を渡して一年ほどしか経《た》っていないこともあって、はりきっているようだ。

「帳場にいるのが、番頭か」

天野は帳場にいる年配の男に目をやって訊いた。

矢口が話を聞いていた男である。ふたりの話は終ったらしく、矢口が帳場から離れ

るところだった。

「番頭の峰蔵でさァ」

「番頭に訊いてみよう」

天野は売り場に上がった。稲七と与之助が後ろについてきた。

矢口は売り場で天野と顔を合わせると、黙って頭を下げた。天野と話したこともなかったので、遠慮したらしい。

「番頭か」

天野が声をかけた。

「は、はい、番頭の峰蔵でございます」

峰蔵が声をつまらせて言った。五十がらみだろうか。丸顔で目が細かった。その顔に困惑と疲労の色があった。賊が入ってから寝ていないのかもしれない。

「内蔵を破られたそうだな」

「は、はい……」

「傷を負った者は」

天野は、あるじの家族や奉公人のなかに、賊に襲われて負傷した者はいないか訊いたのである。

「みんな、無事でした」

「賊に奪われたのは、内蔵の金か」

「は、はい、千三百両ほど……。有り金を、ごっそり持っていかれました」

峰蔵の声が震えた。野田屋のような大店でも、千三百両は大金なのだろう。

「内蔵の鍵は？」

内蔵には、錠前がついていたはずである。

「破られました」

峰蔵によると、内蔵の錠前がはずされていたそうだ。鍵は店の保管場所に残っていたので、賊は錠前を破ったらしいという。

「内蔵は後で見せてもらうが……。賊はどこから入ったのだ」

天野が声をあらためて訊いた。

「それが、はっきりしません。賊がどこから入ったのか、分からないのです。表のくぐり戸が、すこしあいたままになっていましたが、そこから賊が入ったとは思えないもので……」

峰蔵が首をひねった。

昨夕、丁稚の浅吉と手代の栄次郎のふたりで、店の表戸とくぐりの戸締まりを確かめてから寝たそうだ。また、くぐりはさるになっていて、戸を壊さずに外からはずすのは無理だという。

さるというのは、戸の框《かまち》に取り付けた木片で、柱や敷居の穴に突き挿して戸締まりをする。

「侵入した賊を見た者はいないのだな」

天野が念を押した。

「おります。丁稚の浅吉が厠に起きたとき、目にしたようです」

「浅吉は店にいるのか」

「はい」

「呼んでくれ」

天野は、浅吉から直接訊いてみようと思った。

3

「浅吉か」

天野が訊いた。

「丁稚の浅吉です」

浅吉が蒼《あお》ざめた顔で名乗った。まだ、十四、五であろうか。色白のほっそりした男である。

「昨夜、押し入った賊を見たそうだな」

「は、はい……」

浅吉が震えを帯びた声で、厠から出たとき廊下を歩いてくる賊の姿を見かけたことを話した。

「何人いた」

「暗がりでよく見えなかったのです。……足音は、三、四人いたように聞こえました」

「何か覚えていることはあるか」

「み、みみずくのような、顔をしてました」

浅吉が困惑したように眉を寄せ、小声で言った。

「なに、みみずくだと！」

思わず、天野は声を大きくした。

「は、はい……」

浅吉は視線を足元に落とした。体が顫えている。みみずくなどと、八丁堀同心に対して口にするようなことではないと思ったのだろう。

「みみずくのように見えたのだな」

天野は浅吉を思いやっておだやかな声で、念を押すように訊いた。

「はい」

「うむ……」

天野の顔がけわしくなった。

天野は、みみずくのような顔をした盗人を知っていた。みみずく小僧と呼ばれた独り働きの盗人である。
五、六年前、みみずくを思わせるような盗人が商家に忍び込み、土蔵や内蔵の錠前を破って金を盗む事件が頻繁におこった。ただ、盗人の顔がみみずくに似ていたわけではない。黒い筒状の頭巾《ずきん》を両眼だけ出るようにすっぽりかぶり、余った部分を投頭《なげず》巾《きん》のように後ろに折って垂らしていたのだ。頭巾を丸く切って両眼だけ出るようにしたため、暗がりではみみずくの丸い大きな目に見え、後ろに折って垂らした角が、尖《とが》った両耳のように見えたのだ。そのため、みみずく小僧と呼ばれるようになったのである。
ところが三年前、みみずく小僧は油問屋に忍び込み、百両ほどの金を盗んだ後、ぷっつり姿をあらわさなくなった。

みみずく小僧は油問屋に忍び込んだとき、奉公人のひとりに発見されて騒がれ、匕《あい》首《くち》で怪我を負わせた。そのため、みみずく小僧は盗人の足を洗ったとみられていた。ちかごろは、みみずく小僧のことを忘れている八丁堀同心や岡っ引きも多いようだ。

「ひとりでは、なかったのだな」

天野は念を押した。みみずく小僧は、独り働きの盗人だった。四、五人で徒党を組んで、押し入るとは思えなかったのだ。

「はい、三、四人はいました。それに、刀を差した者もおりました」

「武士もいたのか」

隼人は驚いた。

ただ、武士と決め付けることはできなかった。町人が長脇差《ながわきざし》を差していたのかもしれない。

「内蔵が破られたそうだな」

天野が声をあらためて訊いた。

「は、はい……」

「行ってみるか」

「奥です」

浅吉が先に立って、売り場から奥へつづく廊下へ足をむけた。案内してくれるらしい。天野は与之助と稲七に、「近所で聞き込んでみろ」と耳打ちし、浅吉につづいて奥へむかった。

内蔵の前には、番頭の峰蔵と矢口、それに恰幅《かっぷく》のいい男が立っていた。五十がらみであろうか。面長で鼻梁《びりょう》が高く、うすい唇をしていた。その顔が悲痛と苦悩にゆがんでいる。男は、野田屋のあるじの善右衛門《ぜんえもん》だった。

峰蔵は矢口に、内蔵が破られたことを話していたらしい。

「天野どの、賊は錠前を破ったようです」

矢口は天野にそう言い残し、ちいさく頭を下げてその場から離れた。

天野が見ると、錠前がはずれ、内蔵の観音扉がすこしあいていた。賊が内蔵をあけて、金を奪ったらしい。

天野が錠前の鍵のことを善右衛門に訊くと、鍵はふたつあるという。ひとつは帳場の小箪笥に隠してあり、もうひとつは善右衛門が保管しているそうだ。

「賊は、その鍵を使ったのではないのだな」

天野が念を押した。

「はい、鍵は置いた場所に残っていました。賊が手をつけた様子はありません」

峰蔵が言うと、

「てまえの鍵も……」

善右衛門が、かすれ声で言い添えた。

「賊があけたのか」

腕のいい錠前破りがいるようだ。

天野はみみずく小僧のことを思い出した。みみずく小僧も忍び込んだ先の錠前を破っていたが、一味にみみずく小僧がくわわっていたのだろうか――。

「それで、奪われた金は」

すでに、天野は峰蔵から千三百両ほど奪われたと聞いていたが、念のために確かめたのである。

「せ、千三百両……。有り金を、みんな持っていかれました」

善右衛門が顔をしかめ、声を震わせて言った。

「有り金を、ごっそりか」

やはり、みみずく小僧ではないようだ、と天野は思った。

みみずく小僧が狙ったのは、大店が多かった。店内に忍び込んで内蔵や土蔵を破り、小判のぎっしり詰まった千両箱を目にしても、持ち去るのは百両か二百両だった。店の金をごっそりと持っていくようなことはしなかったのだ。

みみずく小僧の手口が見事だったことと、店の者も、すぐに盗まれたことを気付かないほどの少額を奪ったこともあって、江戸の市民はみみずく小僧を悪く言わなかった。なかには、褒めそやす者さえいた。

天野は内蔵のそばを離れると、戸口にもどり、表の大戸やくぐりなどを調べた。堅《けん》牢《ろう》な戸だった。戸締まりを忘れなければ、表から侵入するのは無理である。

……賊は、どうやって入ったのだ。

天野には、分からなかった。

それから、天野は野田屋の他の奉公人からも話を聞き、昼近くなってから店を出た。戸口近くで、与之助と稲七が待っていた。

「どうだ、何か知れたか」

天野が訊いた。

「へい、昨夜遅く、八助《やすけ》ってえ大工が近くを通りかかって押込みらしい四人組を見たそうでさァ」

稲七が身を乗り出すようにして言った。

野田屋から一町ほど先に路地があり、八助は路地の先にある長屋に住んでいるという。昨夜、弥助は仕事帰りに仲間と飲んで遅くなり、近くを通りかかった。押込み一味は表通りからすぐに、左手の路地に入ったそうだ。路地は、伊勢町へつづいている。

「やはり、四人か」

「暗くてはっきり見えなかったそうですが、四人とも頭の両側が尖ったような頭巾をかぶっていたようで」

「四匹のみみずくってことか」

天野が虚空を睨《にら》むように見すえて言った。

4

「父上、父上」

障子のむこうで、隼人《はやと》を呼ぶ菊太郎《きくたろう》の声が聞こえた。すこし舌足らずの声である。

菊太郎につづいて、

「駄目です。父上は、いま髪を結ってるんですよ」

おたえの声がした。窘《たしな》めるような物言いだが、どこか甘いひびきがあった。おたえは菊太郎の母親である。

菊太郎は五歳（数え年）だった。長月隼人の嫡男である。

「旦那、お子は、いつも元気ですね」

髪結いの登太《とうた》が、櫛《くし》を使いながら訊いた。

登太は隼人の髷《まげ》をあたっていた。隼人は南町奉行所の隠密廻《おんみつまわ》り同心だった。毎朝、奉行所に出仕する前に、八丁堀にある組屋敷の縁側で登太に髷をあたらせていたのだ。

「父上と、剣術の稽古をする！」

菊太郎が声を上げた。

「いまは、駄目です。父上が帰ったらにしなさい」

おたえの声が、すこし強くなった。

どうやら、登太は木刀を持ち出し、隼人と剣術の稽古をしたがっているようだ。

十日ほど前だった。隼人が庭に出て木刀の素振りをしていると、菊太郎がそばに来て、

「菊太郎も、剣術の稽古をしたい」

と言い出した。

「木刀を振ってみるか」

隼人が手にした木刀を菊太郎に持たせてやったが、持ち上げることもできない。そ

れでも、菊太郎は剣術の稽古をすると言って、つかんだ木刀を離さなかった。

「よし、菊太郎の木刀を作ってやろう」

隼人は古い木刀を家から持ち出すと、一尺五寸ほどの長さに切ってやった。すこし握りが太いが、菊太郎にも振ることができそうだ。

隼人は菊太郎に木刀の握り方を教え、

「菊太郎、いいか、両手で振り上げ、まっすぐ振り下ろすのだぞ」

と言って、上段から振り下ろすことだけ教えてやった。

その後、隼人が庭で木刀を振ったり、太刀《たち》捌《さば》きの稽古をしたりしていると、菊太郎が木刀を手にしてやってきて、隼人の真似《まね》をして木刀を振りまわすようになった。まだ、稽古というより遊びである。

「いやだ、父上と稽古する！」

菊太郎が泣き声で言った。

「旦那、終りました」

そう言って、登太が隼人の肩にかけてあった手ぬぐいを取った。髪結いが、終ったのである。

「さて、出かける支度をするか」

隼人は立ち上がり両腕を突き上げて伸びをした。

すると、障子があいて菊太郎が顔を出し、

「父上、剣術の稽古をしよっ！」

と意気込んで言った。

「駄目です。父上は、お奉行所のお勤めがあります」

菊太郎の後ろに立っていたおたえが、しかめっ面をして言った。手に菊太郎の木刀を持っている。取り上げたようだ。おたえは、ここで登太をあまやかしてはいけない、と思ったらしい。

「菊太郎、剣術の稽古は後だな」

隼人が言った。

「……………」

菊太郎は、恨めしそうな顔をして上目遣いに隼人を見た。

「奉行所から帰ったら相手してやる。今度は、打ち込みをやってみるかな」

隼人がそう言って、笑みを浮かべると、

「父上が帰ってからする」

菊太郎が、コクリとうなずいた。

そのとき、木戸門を入ってくる足音が聞こえ、「長月《ながつき》の旦那、おられやすか」と戸口で声がした。

利助《りすけ》の声だった。利助は隼人が使っている岡っ引きである。何かあったらしい。

隼人は、菊太郎とおたえを座敷に残して戸口にまわった。

「どうした、利助」

すぐに、隼人が訊いた。

「旦那、押込みでさァ！」

利助が声をつまらせて言った。だいぶ急いで来たらしく、息が荒かった。顔も紅潮している。

「押込みだと」

隼人は気のない声で言った。

隼人は隠密廻り同心だった。定廻り同心や臨時廻り同心とちがって、その名のとおり奉行の指図を受けて隠密裡《おんみつり》に探索にあたるのだ。己の判断で、勝手に市井で起こる事件の探索や下手人の捕縛などにあたることはほとんどない。

「みみずくのようですぜ」

利助の声が、うわずっていた。

「また、みみずく小僧か」

隼人は、一月ほど前に天野からみみずく小僧らしき一味が室町の野田屋に押し入り、千三百両ほどの金を奪ったという話を聞いていた。

隼人も、五、六年か前、みみずく小僧の噂《うわさ》は耳にしていた。天野をはじめ南北の定廻り同心が、みみずく小僧の探索にあたったが捕らえられず、油問屋に入ったのを最後に姿を消してしまったというのだ。

そのみみずく小僧が何人かで徒党を組み、太物問屋の野田屋に押し入ったという。しかも、これまでと違って野田屋の有り金を残らず奪ったらしいのだ。

「それに、奉公人をふたり、殺《や》っちまったようでさァ」

利助が言った。

「なに、ふたりも殺したのか！」

隼人は驚いた。

「へい」

「うむ……」

みみずく小僧は盗みはすれど、ひとに手を出さなかった。ところが、三年ほど前に油間屋に入ったとき、奉公人に傷を負わせてしまった。それを機に、みみずく小僧は足を洗ったとみられていた。そのみみずく小僧が、ふたりも殺したという。

「天野の旦那に、長月の旦那を呼んでくるように言われて来たんでさァ」

「場所はどこだ」

どうやら、天野は隼人に見て欲しい物があるようだ。

「小網町《こあみちよう》の米問屋の松坂屋《まつざか》で」

「近いな」

日本橋小網町は八丁堀から近かった。日本橋川にかかる江戸橋を渡れば、すぐである。隼人は、「ここで、待て」と利助に言い置き、家にもどって出かける支度をした。

羽織に小袖姿で、大刀を一本だけ差した。

腰に帯びたのは、愛刀の兼定《かねさだ》である。兼定は、関物《せきもの》と呼ばれる大業物《おおわざもの》を鍛えたことで知られる刀鍛冶《かたなかじ》の名匠である。隼人の兼定は刀身が二尺三寸七分、やや短いが身幅《みはば》のひろい剛刀だった。

奉行所の同心は、下手人を斬らずに生け捕りにすることが求められていた。そのため、同心の多くは刃引きの長脇差しを差している。

ところが、隼人は切れ味の鋭い兼定を愛用していた。隼人の胸の内には、いざというとき、刃引きでは後れをとる、という思いがあったのだ。それに、生け捕りにするときは峰打ちにすればいいのである。

「利助、行くぞ」

「へい」

隼人は利助を連れて小網町にむかった。

小網町は、日本橋川沿いに一丁目から三丁目まで長くつづいている。小網町の近くには魚河岸と米河岸があり、しかも日本橋川は大川にすぐに出られるので船の航行に恵まれていた。そのため、行徳《ぎょうとく》河岸をはじめ、日本橋川沿いには廻船《かいせん》問屋や米問屋などの大店が並んでいた。

隼人と利助は、日本橋川沿いの道を南にむかった。

小網町と八丁堀を結ぶ鎧之渡《よろいのわたし》を過ぎて小網町三丁目に入ると、利助が路傍に足をとめ、

「旦那、あれが松坂屋ですぜ」

と言って、前方を指差した。

5

松坂屋は土蔵造りの二階建ての店だった。裏手に白壁の土蔵があり、脇には米を保管する倉庫もあった。問屋の並ぶ通り沿いでも、人目を引く大店である。

松坂屋の戸口近くに、人だかりができていた。戸口の大戸が、三枚ほどあけられている。船頭や印半纏《しるしばんてん》姿の奉公人などに混じって、岡っ引きや下っ引きらしい者の姿もあった。

「綾次《あやじ》ですぜ」

利助が足を速めながら言った。

綾次は利助が使っている下っ引きだった。まだ若く、二十歳前である。

隼人たちが近付くと、

「旦那、こっちで」

綾次が手を上げて呼んだ。

そこは人だかりがすくなかった。八丁堀同心や手先たちが、出入りする場になっているようだ。

隼人たちは、人だかりを抜けて店に入った。ひろい土間があり、その先が畳敷きの座敷で、右手が帳場になっていた。

土間の隅に、米俵が積まれていた。運び出すところだったのかもしれない。米俵のそばに手代らしい男がふたり立ち、岡っ引きらしい男たちと何か話していた。

座敷に、天野の姿があった。他に、ふたりの八丁堀同心がいた。ひとりは隼人と同じ南町奉行所の北畑弥之助《きたばたけやのすけ》で、もうひとりは北町奉行所の矢口である。

天野たち同心は、店のあるじらしい男や奉公人たちと話していた。事件のことを聞いているようだ。

「長月さん、ここへ」

天野が手を挙げて、隼人を呼んだ。

天野は帳場格子の前で、年配の男と話していた。男は唐桟《とうざん》の羽織に路考茶《ろこうちゃ》の帯をしめていた。あるじらしい身装《みなり》である。

天野が隼人を呼んだのには、理由があった。天野は隼人よりも十歳ほど若かったが、これまでふたりで組んで多くの事件を解決してきた。そのため、天野は大事件や難事件《やま》のおりは隼人に知らせ、手を借りることが多かった。このことは奉行も知っていて、了解していたのである。

隼人は、利助と綾次に近所で聞き込むよう指示してから、座敷に上がった。

「あるじの嘉兵衛《よしべえ》でございます」

年配の男が名乗った。声が震えを帯びている。

「南の御番所（奉行所）の長月だ」

隼人は名乗った後、

「押込みに、殺された者がいるそうだな」

と、訊いた。天野に聞けば分かることだが、先に店の者に聞いてはっきりさせたかったのだ。

「は、はい、番頭の松蔵《まつぞう》と手代の伊勢吉《いせきち》が……」

嘉兵衛が蒼ざめた顔で言った。

「嘉兵衛、もう一度、昨夜の様子を話してくれ」

天野が口を挟んだ。隼人に知らせるために、あらためて嘉兵衛に事件のことを話させようと思ったらしい。

「昨夜、てまえは賊が入ったのも気付かず二階で寝てまして、そのときの様子は、後から奉公人たちに聞いたのですが……」

そう前置きして、嘉兵衛が話し出した。

昨夜、子ノ刻（午前零時）過ぎ、厠に起きた伊勢吉が、内蔵を破って千両箱を手にした賊と廊下で鉢合わせになり、賊のひとりにいきなり斬り付けられたという。

伊勢吉は悲鳴をあげて廊下に倒れた。その悲鳴で、番頭の松蔵が目を覚まし、すぐに廊下に飛び出した。伊勢吉が斬られたのが、ちょうど松蔵の部屋の前だったので賊はまだその場にいた。

伊勢吉を斬った賊は、飛び出してきた松蔵を目にすると、いきなり松蔵に斬りかかったという。

「そ、それで、松蔵も……」

嘉兵衛が声を震わせて言った。

「奉公人のなかで、見ていた者がいるのか」

隼人が訊いた。嘉兵衛は、まるで現場を見ていたようにそのときの様子を話したのだ。

「はい、手代の新次郎《しんじろう》が部屋から見ていたようです」

嘉兵衛の話によると、伊勢吉が厠へ行くために起きだしたとき、同じ部屋で寝ていた新次郎も目を覚ましたという。

新次郎は伊勢吉の悲鳴を聞くと、すぐに起きて障子をすこしあけ、廊下の様子を見た。新次郎は怖くて廊下に出られず、顫えながら見ていたという。

「新次郎は廊下に出なかったので、助かったのだな」

「は、はい」

「それで、どうした」

隼人が話の先をうながした。

「賊は四人いたそうです」

「四人な」

野田屋に押し入った賊の人数と同じである。

「四人の賊は番頭を斬り殺した後、この場に来てから表のくぐりをあけて外へ出たようです」

天野が言い添えた。天野は、隼人が年長ということもあって、丁寧な言葉を遣った。

「くぐりな」

「店から出ていった場所も、野田屋と同じですよ」

「それで、この店も内蔵を破られたのか」

隼人が声をあらためて嘉兵衛に訊いた。

「は、はい、内蔵を破られて千両箱をふたつ……。み、店の有り金を、そっくり持っていかれました」

嘉兵衛の声が震え、顔がこわばっていた。

「二千両か」

大金である。松坂屋のような大店でも、二千両は店がつぶれかねないほどの金なのだろう。

「内蔵の鍵は？」

「店の鍵を使った様子はありません」

松坂屋では嘉兵衛と番頭の松蔵が鍵を保管しているが、賊が持ち出した様子はないという。

「腕のいい錠前破りがいたということだな」

隼人が顔をけわしくして言った。

「野田屋と同じです」

天野が口を挟んだ。

「うむ……」

まだ、みみずく小僧と決め付けられないが、野田屋と同じ、みみずくに見える頭巾をかぶった一味とみていいようだ。

そこで話がとぎれると、天野が、

「内蔵を見る前に、長月さんに見てもらいたいものがあるのですが」

と、声をひそめて言った。

隼人は無言でうなずいた。天野が隼人を松坂屋に呼んだのは、見せたい物があったからだろう。

6

天野は隼人を帳場から廊下へ連れていった。奥へつづく廊下の途中に、奉公人や岡っ引きたちが集まっていた。北畑の姿もある。

「だれか、倒れているな」

隼人は廊下に倒れている人影を目にした。

「番頭の松蔵と手代の伊勢吉です」

隼人と天野が人だかりに近付くと、

「脇へ、寄れ」

北畑が集まっている男たちに指示した。

すぐに、男たちは廊下の隅に身を寄せ、隼人たちに道をあけた。

男が俯《うつぶ》せに倒れていた。廊下は、飛び散った血で赭黒《あかぐろ》く染まっていた。廊下だけではない。近くの障子にも血が飛び散り、まるで赭黒い花弁を無数に散らせたように染まっていた。

……出血が激しい！

と隼人は思った。

「手代の伊勢吉です」

天野が小声で言った。

隼人は倒れている伊勢吉の脇に屈み、

「首か……」

と、つぶやいた。伊勢吉の首の周辺に激しく血が飛び散っている。

隼人は伊勢吉の肩先をつかみ、ゆっくりと仰向けにした。

「こ、これは！」

隼人は息を呑んだ。

伊勢吉は首を横に斬られていた。そのために、激しく出血したらしい。深い傷で、赭黒くひらいた傷口から截断《せつだん》された頸骨《けいこつ》が白く覗《のぞ》いていた。首だけでなく、顔や上半身が血塗《ちまみ》れだった。首の他に傷はなかった。

「一太刀か」

下手人は、伊勢吉の首を斬って一太刀で仕留めたのである。下手人は、腕のたつ武士とみていいようだ。

「長月さん、その傷に見覚えがありますか」

天野が訊いた。

「いや、ない」

隼人は、天野がここに呼んだ理由が分かった。下手人は刀身を横に払って斬るという特異な技を遣っていた。隼人ならこの斬り口を見て、何者が伊勢吉を斬ったか分かるかもしれないと思ったようだ。

隼人は、直心影流《じきしんかげりゅう》の遣い手だった。刀傷を見て、その太刀筋を見抜く目を持っていた。それに、特異な太刀筋であれば、何者が斬ったのかも分かることがある。

「腕のたつ武士が、盗賊一味にいることはまちがいない」

そう言って、隼人は腰を上げた。

「番頭は、そこか」

隼人はすこし離れたところに横たわっている男に目をやった。

「そうです」

「見てみよう」

　隼人は倒れている男のそばに近寄った。

　男は仰向けに倒れていた。やはり、首を横に斬られている。伊勢吉と同じように深い傷で、頸骨が截断されていた。松蔵も、伊勢吉と同じ下手人の手にかかったとみていい。

　松蔵の顔や胸が、血に染まっていた。両眼を見開き、口をあんぐりあけたまま死んでいる。

「これだけ血が飛び散っていると、下手人も血を浴びているはずだ」

　隼人は、血に染まった衣類も下手人をつきとめる手掛かりになるのではないかと思った。

「下手人の着物が血に染まっていることを、手先にも知らせますよ」

「そうしてくれ」

　隼人と天野はその場を離れ、奥へむかった。盗賊一味に破られた内蔵も見ておこうと思ったのである。

　観音開きの堅牢な内蔵だった。大きな錠前が、あいたままかけられていた。何かで錠前を壊したのではない。合鍵を使わずにあけたのである。

「腕のいい、錠前破りがいるということだな」

何者かが、合鍵を使わずにあけたのである。

一味は四人だった。四人のなかに、腕のたつ武士と錠前破りがいることになる。

隼人は天野は帳場にもどり、千三郎《せんざぶろう》という手代をつかまえて、賊がどこから侵入したのか訊いた。

「それが、分からないのです」

千三郎によると、賊が逃走した後、店のなかをまわってみたが、あいていたのは表のくぐりだけだったという。

「押込みは、くぐりから出たようです」

千三郎が言い添えた。

「入るときも、そこからではないのか」

隼人が訊いた。

「いえ、手代と丁稚で、くぐりも大戸も寝る前に戸締まりできているか確かめてあります」

「野田屋と同じだな」

天野が口をはさんだ。

「剣の遣い手と腕のいい錠前破り、それにうまく店に侵入する者もいるということか。

……みみずく一味は、容易な相手ではないぞ」

隼人が顔をけわしくして言った。

それから、隼人と天野は奉公人に案内させ、念のために店の出入り口を確かめてみたが、やはり破られたような形跡はなかった。

隼人は天野を残して、ひとり店から出た。これ以上、店の者に訊くことはなかったし、利助と綾次が何か聞き込んできたのではないかと思ったのだ。

店の戸口で、利助と綾次が隼人を待っていた。

「歩きながら、話を聞くか」

隼人は来た道を引き返し始めた。今日は、このまま奉行所にむかうつもりだった。八丁堀に帰るのは、まだ早い。

「どうだ、何か知れたか」

隼人が利助たちに訊いた。

「それが、押込み一味を見た者が、だれもいねえんでさァ」

利助によると、近所の店の奉公人や船頭などに訊いたが、押込みらしい者を見かけた者はいなかったという。

綾次は利助の話を聞きながら、ときどきうなずいていた。どうやら、ふたり一緒に界隈《かいわい》で聞き込んだらしい。

「ひとつだけ、一味の足取りらしいものを耳にしやした」

利助が隼人に身を寄せて言った。

「何だ」

「血の痕でさァ。……桟橋の船頭に言われて見たんですがね。舟を繋《つな》ぐ杭《くい》に血の痕が残ってたんで」

「どういうことだ」

「だれか、桟橋に繋いであった舟に乗るときに、杭に血のついた手で触ったらしいんでさァ。杭がすこし濡《ぬ》れてたんで、血が残った……」

「番頭と手代を斬った下手人か！」

思わず、隼人が声を上げた。

「あっしは、そうみやした」

「利助、見直したぜ。八吉《やきち》に負けねえ、いい御用聞きになるぞ」

隼人が感心したように言った。

八吉は、隼人から手札をもらっていた岡っ引きだったが、老齢を理由に足を洗ったのである。利助は八吉の下っ引きをしていたが、子のない八吉の養子になり、岡っ引きの跡を継いだのである。

「それほどでもねえや」

利助が照れたような顔をした。

「押込み一味は松坂屋を出た後、桟橋から舟に乗ったのだな」

隼人が、声をあらためて言った。

「来るときも、舟を使ったんですぜ」

「そうみていいな」

一味が舟を使ったらしいことは分かったが、足取りをつかむのはむずかしい、と隼人は考えた。

舟で日本橋川を下れば、すぐに大川に出られる。その後、河川や掘割をたどれば、江戸の多くの地へ行くことができるのだ。

7

松坂屋に夜盗が押し入った五日後——。

隼人は南町奉行所に出仕し、同心詰所で茶を飲んでいた。定廻りや臨時廻りの同心は、詰所にはいなかった。それぞれの任務のために、奉行所を出ていたのである。

詰所に、中山次左衛門《なかやまじざえもん》が姿を見せた。中山は奉行の筒井紀伊守政憲《つついきいのかみまさのり》に長年仕える家士である。

中山は同心詰所に入ってくると、

「長月どの、おひとりかな」

と、声をかけた。顔にほっとした表情があった。詰所にだれもいないと思ったのかもしれない。

中山は還暦を過ぎた老齢だった。鬢《びん》や髷には白髪が目立った。それでも矍鑠《かくしゃく》として、あまり老いは感じさせなかった。

「それがしに何か」

隼人が訊いた。

「お奉行がお呼びでござる。いなければ、明日でもいいということじゃったが……」

「いえ、すぐまいります」

筒井は役宅にいるはずだった。役宅は、奉行所の裏手にある。

南町奉行は、今月非番だった。町奉行所は南北にあり、一か月交替で月番と非番がある。月番のときは、朝四ツ（午前十時）までに登城し、奉行所に帰るのは八ツ（午後二時）を過ぎてからになる。

一方、非番のおりは、奉行所内に残って様々な訴訟を片付けたり、年番方与力との打ち合わせなどをおこなっている。他にも、評定所の式日には出席せねばならないし、月番の奉行との事務打ち合わせもある。奉行は非番でも、結構忙しい身なのだ。

「では、それがしといっしょに来ていただきたい」

中山はすぐに立ち上がった。

中山は、隼人を役宅の中庭に面した座敷に連れていった。そこは、隼人が筒井と会うときに使われる座敷である。

「ここで、お待ちくだされ。お奉行は、じきにお見えになろう」

中山はそう言い残して座敷から出ていった。

隼人はひとり座敷に座して待つと、廊下を歩く足音がして障子があいた。姿を見せたのは、筒井である。

筒井は小袖に角帯というくつろいだ恰好だった。筒井は初老である。長く町奉行を務めているせいか、身辺には奉行らしい落ち着きがあった。

筒井は座敷に腰を下ろすと、

「坂東《ばんどう》と与力の松井《まつい》から聞いたのだがな。また、みみずく小僧があらわれたそうではないか」

と、すぐに切り出した。

坂東繁太郎《しげたろう》は、筒井の内与力だった。内与力は奉行所の他の与力とちがって奉行が家士のなかから任用する。奉行の秘書のような役柄で、事件の探索や捕縛にあたることはない。筒井は坂東から奉行所内の噂や事件の情報などを得ることが多かった。

また、松井繁之助《しげのすけ》は年番方与力だった。年番方与力は三人いて、経験豊かな年長の与力がこの任につき、奉行所内の庶務から会計、人事まで握っていた。松井は奉行所内の実力者のひとりである。

「まだ、みみずく小僧が一味にくわわっているかどうか分かりませんが……」

隼人は言葉を濁した。

「いずれにしろ、賊はすでに二軒の商家に押し入り、何千両もの大金を奪ったそうだな」

筒井の顔に憂慮の翳《かげ》が浮いた。

「いかさま」

押込み一味が、何千両もの大金は奪ったのは事実だった。

「それに、ひとを殺《あや》めているそうではないか」

筒井が眉を寄せて言った。

「はい」

隼人はうなずいた。筒井の言うとおり、押込み一味は、松坂屋で奉公人をふたり斬殺している。

「一味には、武士もくわわっているのか」

筒井が訊いた。

「武士もいるようです」

「厄介な相手だな」

筒井の顔がけわしくなった。

筒井が口をつぐむと、座敷は重苦しい沈黙につつまれたが、

「だが、何としても、みみずく小僧を捕らえねばならぬ」

筒井が語気を強めて言い、さらにつづけた。

「五、六年ほど前になろうか。みみずく小僧は巷《ちまた》を騒がせ、南北の奉行所は何とかしてみみずく小僧を捕らえようとしたが、捕らえることはできず、そのままになっている。やっと、江戸の市民がみみずく小僧のことを忘れはじめたころ、またぞろあらわれ、商家に押し入って何千両もの大金を奪い、ふたりも殺めたという。……長月、今度こそ、みみずく小僧を捕らえねばならぬぞ。また、取り逃がすようなことになれば、

町奉行所の顔がたたぬからな」

　めずらしく、筒井が強い口調で言った。

「……」

　隼人は無言でうなずいた。

「長月、すぐに探索にかかってくれ」

　筒井が声をあらめて命じた。

「心得ました」

　隼人も、押込み一味を捕縛したいと思った。一味の凶悪さが許せなかったこともあるが、はたして、みみずく小僧が一味にくわわっているかどうか、はっきりさせたい気持ちもあったのだ。

　隼人が一礼して腰を上げようとすると、

「待て」

　と言って、筒井がとめた。

「一味のなかには、剣の遣い手もいるようだ。長月、手にあまれば、斬ってもよいぞ」

　筒井が隼人を見つめて言った。

筒井は相手に剣の遣い手がいたり、下手人が凶悪であったりすると、隼人に「手にあまれば、斬ってもよい」と言い添えることがあった。

筒井は隼人が直心影流の遣い手で、腕のたつ下手人が刀を手にして歯向かいするとき、隼人が刀を抜いて応戦することを知っていた。それで、生け捕りにするのはむずかしい、と隼人が判断すれば、斬殺することを許したのだ。隼人が命を落とさないように慮《おもんぱか》ったのである。

「ご配慮、恐れ入ります」

隼人は、深く低頭した。

第二章　荒れ屋敷

1

「菊太郎、木刀の先をおれの胸にむけろ」

隼人が、菊太郎の前に立って言った。

菊太郎は短い木刀を手にして構えている。隼人は青眼《せいがん》の構えからの素振りを教えようと思ったのだ。

ふたりが立っているのは、八丁堀の組屋敷の庭だった。出仕前の髪結いを終えた後である。もっとも、今日は出仕するつもりはなかった。すでに、五ツ（午前八時）を過ぎている。

「はい！」

菊太郎は口を強く結び、隼人の胸の辺りを睨《にら》むように見すえている。

「もっと背筋を伸ばせ」

「は、はい」

菊太郎はそっくり返るように背筋を伸ばした。しかも、両足を横にひらいて地にふんばっている。

隼人は菊太郎の姿を見て、胸の内で、まだ、無理か、と思ったが、

「よし、いいぞ。ゆっくりと振りかぶれ」

と声をかけた。

いまは剣術の稽古ではなく、いっしょに遊んでやればいい、と隼人は己に言い聞かせた。菊太郎は木刀を振り上げた。両足を横にひらいたままである。

「気合といっしょに、まっすぐ振り下ろせ」

「はい！」

エイッ！　と声を発し、菊太郎が、木刀を振り下ろした。足を横にひらいているために、木刀の先が地面に触れた。

「菊太郎、足をな。このようにひらけ」

隼人は右足を前にし、左足を後ろに引いてみせた。

「分かりました！」

菊太郎は、両足を前後にとった。

すこし足幅がひろ過ぎるが、隼人は何も言わなかった。すこしずつ直せばいいと思ったのである。

「よし、そのまま、木刀を振りかぶれ」

菊太郎は、木刀を振りかぶった。

腰が揺れている。足幅がひろ過ぎ、かえって姿勢が安定しないのだ。

「そこから、まっすぐ振り下ろせ」

菊太郎が、エイッ！　と声を発し、木刀を振り下ろした。

「いいぞ。……もうすこし、足の幅を狭くしろ」

隼人が、このようにな、と言って、両足の幅を狭くして見せた。

菊太郎は、すぐに足幅を狭くした。

今度は、木刀の先が上空をむいている。

隼人は何も言わず、菊太郎に木刀を振りかぶってから振り下ろさせた。

それからいっとき、隼人は菊太郎に素振りをさせると、

「今日の稽古は、これまで！」

と、声を大きくして言った。

まだ、菊太郎が庭に出てから小半刻《こはんとき》（三十分）も経《た》たなかったが、隼人は手にした

木刀を下ろした。

　菊太郎は、不服そうな顔をした。もっと、やりたいらしい。

「菊太郎、また明日だ。剣術がうまくなるためには、すこしずつ長い間つづけることが大事だぞ」

　隼人はもっともらしい顔をして言った。

　物足りないぐらいで、やめておいた方がいい、と隼人は思ったのだ。それに、まだいまのうちは剣術が嫌いにならないように、遊んでやればいいのである。

「明日、やる」

　菊太郎が声を上げた。


　隼人は家にもどり、羽織袴《はおりはかま》に着替えた、御家人ふうの恰好《かっこう》である。これから、神田紺屋町《こんやちょう》に行くつもりだった。

　紺屋町には、八吉が女房のおとよとふたりでやっている豆菊《まめぎく》という小料理屋があった。隼人は八吉に、野田屋と松坂屋に押し入った一味のことを訊《き》いてみようと思ったのだ。

　隼人が御家人ふうに身を変えてきたのは、豆菊に八丁堀同心が出入りしていることを客に気付かせないためである。

八吉は、岡っ引きだったころ「鉤縄《かぎなわ》の八吉」と呼ばれる腕利きだった。長年、隼人の手先として探索にあたっていたが、老齢を理由に足を洗ったのだ。

鉤縄は特殊な捕物道具である。細引《ほそびき》の先に熊手のような鉤が付けてあり、その鉤を投げて下手人の着物に引っ掛け、手繰《たぐ》り寄せて捕縛するのだ。また、鉤縄は武器でもあった。鉤を相手の頭や顔に投げ付けて斃《たお》すのである。

豆菊の店先に暖簾《のれん》が出ていたが、なかは静かだった。まだ、客はいないらしい。

隼人は暖簾をくぐった。小上がりに、客の姿はなかった。奥の板場で、水を使う音がした。八吉かおとよが、洗い物でもしているのだろう。

「だれか、いないか」

隼人が声をかけた。すると、すぐに下駄の音がし、おとよが姿を見せた。

「旦那、いらっしゃい」

おとよが、笑みを浮かべて言った。

おとよは、四十代半ばだった。色白だが、でっぷり太っている。八吉に言わせると、おとよは若いころすんなりした美人だったそうだが、いまはその面影もない。

「八吉はいるかな」

「いますよ。呼びましょうか」

「頼む」

おとよは、すぐに板場にもどった。

おとよと入れ替わるように、八吉が濡《ぬ》れた手を前だれで拭きながら出てきた。板場で洗い物をしていたのは八吉だったらしい。

「旦那、お久し振りで」

八吉が目を細めて言った。

八吉は還暦を過ぎていた。鬢《びん》や髷《まげ》は真っ白である。小柄で猪首《いくび》、ギョロリとした目をしていた。むかしは厳《いか》つい顔だったが、いまは笑みを浮かべると、皺《しわ》が多いせいか好々爺《こうこうや》のようになる。睨みはきかないかもしれない。

「八吉に訊きたいことがあってな」

「一杯やりながら、話しやすか」

「いまから、酒を飲んでるわけにはいかないな」

「それじゃァ、茶でも淹《い》れやしょう」

八吉は板場に行き、おとよに茶を頼んできた。

隼人は兼定を鞘《さや》ごと抜くと、小上がりの上がり框《がまち》に腰を下ろした。

ているのだ。

「利助と綾次は」

ふたりは、店にいないようだった。綾次も、探索に出かけないときは豆菊を手伝っているのだ。

「佐賀町へ行きやした」

八吉も隼人の脇に腰掛けた。

「油問屋の黒沢屋《くろさわや》か」

「そうでさァ」

「いいところに目をつけたな」

黒沢屋は、みみずく小僧が最後に忍び込んだ店である。どうやら、利助たちは黒沢屋に、みみずく小僧に入られたときのことを訊きに行ったようだ。

そのとき、おとよが茶を淹れてきた。湯飲みを隼人と八吉の膝先に置き、

「ごゆっくり」

と言い残し、おとよは板場にもどった。

2

「実は、八吉にみみずく小僧のことで訊いてみようと思って来たのだ」

隼人が声をあらためて切り出した。

「なんです」

八吉の顔がひきしまった。岡っ引きだったころのことを思い出したのであろう。ギヨロリとした目に、腕利きの岡っ引きだったころの凄《すご》みがあった。

「野田屋と松坂屋に押し入った賊のことだが、利助から話を聞いているか」

「聞いていやす」

「手口が、あのみみずく小僧とそっくりなのだ」

手口だけではなかった。賊がかぶっていた頭巾《ずきん》も、みみずく小僧と似ていた。

「………」

八吉は、無言のままちいさくうなずいた。

「八吉はどうみる」

「押込みは、四人と聞きやしたが」

八吉は腑《ふ》に落ちないような顔をした。

「四人だ」

「それに、松坂屋で番頭と手代を斬ったのは、二本差しらしいと利助が言ってやしたが」

「まちがいない。それも腕のたつ武士だな」

「旦那は、その四人の押込みのなかに、みみずく小僧がいるとみてるんですかい」

八吉が訊いた。

「いまは何ともいえねえが、恰好と手口がみみずく小僧と似てるんでな」

隼人は語尾を濁した。

隼人の物言いが、すこし伝法《でんぽう》になった。捕物にかかわる八丁堀同心は、ならず者や無宿者などと話す機会が多く、どうしても言葉遣いが乱暴になるのだ。

「手口は似てるが、みみずく小僧とはちがいやすぜ」

八吉が、はっきりと言った。

「どこがちがう」

「みみずく小僧は、押し込んだ先で店の者に手をかけなかった。ところが、黒沢屋で奉公人に怪我をさせちまった。それを悔やんで、みみずく小僧は足を洗ったんでさァ。その男が、平気で奉公人を斬り殺すようなやつらといっしょに押込みに入《へえ》りやすか」

「うむ……」

隼人も八吉と同じようにみていた。

「それに、みみずく小僧は独り働きの盗人でさァ。独り働きの盗人は、滅多なことじゃァ徒党を組んだりしねえ」

「八吉のいうとおりだがな。手口がみみずく小僧と似ているのだ。まず、店への侵入方法だが、みみずく小僧と同じように、どこからどうやって入ったか分からねえ。それに、蔵の錠前もみごとに破っている。……他の盗人が真似《まね》をしようと思っても、簡単にはできねえぜ」

四人のなかに、みみずく小僧のような男がいなければ、店への侵入も錠前破りもできないのではあるまいか。

「そのあたりのことは、あっしも腑《ふ》に落ちねえ」

八吉が首をひねった。

そんな話をしているところに、利助と綾次が帰ってきた。

「旦那、来てたんですかい」

利助が、隼人を見て驚いたような顔をした。

「八吉に訊きたいことがあってな。……ふたりは、佐賀町まで行ったそうだが、早いではないか」

まだ、昼ごろではあるまいか。

「うまく、奉公人から話が聞けやしてね。めしを食ってから、室町の野田屋の近くで聞き込みでもやるつもりで、早く帰《けえ》ってきたんでさァ」

「それで、何か知れたのか」

隼人が訊いた。

「へい、みみずく小僧に傷を負わされた番頭の政蔵《まさぞう》ってえ男から、いろいろ話が聞けやした」

当時、政蔵は手代《てだい》だったが、いまは番頭をしているという。

「それで」

隼人は話の先をうながした。

「その夜、政蔵が厠《かわや》に起きたとき、帳場の先の土間でゴソゴソと物音がしたそうでさァ」

政蔵は気になり、帳場まで様子を見に行こうとしたという。ところが、廊下でみみずく小僧と鉢合わせしてしまった。

一瞬、政蔵は目の前に黒い人影のような物を見ただけで、そこにだれがいるかさえ分からなかった。咄嗟《とっさ》に、政蔵は人影を突き飛ばして逃げようとした。

すると、政蔵の寝間着の袖が裂け、左肩に焼き鏝《ごて》を当てられたような衝撃がはしった。

……斬られた！

と政蔵は思い、慌てて踵《きびす》を返して丁稚《でっち》部屋の方へ逃げようとした。

そのとき、政蔵は背後で、

「すまねえ、勘弁してくんな」

という男の声を聞いた。

政蔵は振り返ったが、すでに廊下は闇にとざされ、人影はなかったという。

「それが、みみずく小僧だったんでさァ」

利助が言い添えた。

「みみずく小僧が逃げたのは、くぐりか」

隼人が訊いた。

「そのようで……。あっしが気になったのは、政蔵が耳にしたゴソゴソという物音でさァ」

利助が顔をひきしめて言った。

「何の音だ」

隼人も気になった。

「政蔵に訊くと、その夜、帳場の先の土間に乾鰯《ほしか》を入れた叺《かます》が積んであり、物音はその叺の辺りで聞こえたと言うんで」

黒沢屋では、魚油の他に乾鰯も取引しているという。乾鰯は金肥《きんぴ》とも呼ばれ、乾燥肥料として高値で売買されていたのだ。

「どういうことだ」

「あっしには分からねえが、みみずく小僧は、積んであった叺の陰で何かしてたんじゃァねえかと、政蔵は言ってやした」

利助も首をひねった。

隼人、利助、綾次、八吉の四人はいっとき黙考していたが、みみずく小僧がそこで何をしていたか、分からなかった。

「そのうち見えてくるだろうよ」

隼人がそう言ったとき、おとよが顔を出し、

「旦那、茶漬けでも用意しましょうか」

と、訊いた。

「頼む」

昼ごろである。隼人は、利助たちも腹をへらしているだろうと思い、ふたりの分も頼んだ。

隼人たちが茶漬けを食い終え、いっときしたとき、

「旦那、猪之吉《いのきち》のところに行ってみやすか」

八吉が、低い声で言った。

「そうだな、猪之吉なら何か知ってるかもしれねえな」

隼人は、これから猪之吉のいる深川黒江町《くろえちょう》まで行ってみようと思った。

3

隼人は八吉とふたりで豆菊を出た。利助と綾次もいっしょに行きたいようだったが、四人も行くと、かえって話が聞きづらいので、ふたりだけで行くことにしたのだ。

猪之吉は、若いころ賭場の壺《つぼ》振《ふ》りをしていた。四十を過ぎて中風を患い、手足に麻《ま》痺《ひ》が残って壺振りができなくなった。

しかたなく、猪之吉は黒江町の裏路地で、おしげという情婦《いろ》といっしょに飲み屋を始めた。その店に、壺振りをしていたころ知り合った遊び人や凶状持ちなどが来るようになり、盗人なども姿を見せることがあった。そうした男たちから、猪之吉の耳に江戸の裏世界のことが入るようになったのだ。

これまでも、隼人は八吉とふたりで猪之吉と会い、それとなく情報を聞き出したこ

とがあった。

隼人たちは柳原通りから大川にかかる両国橋を渡り、本所に出た。そして、大川沿いの道を南にむかった。

風のない、おだやかな晴天だった。秋の陽射しが大川の川面を照らし、金砂を散らしたように輝き、波の起伏に合わせて揺れていた。その眩《まばゆ》い陽射しのなかを客を乗せた猪牙舟《ちょきぶね》や荷を積んだ茶船などが、ゆったりと行き交っていた。

ふたりは、永代橋のたもとを過ぎてから左手の通りに入った。そこは、富ケ岡八幡宮の門前通りにつづく道で、しばらく歩くと、前方に一ノ鳥居が見えてきた。通りの左右につづいている町並が、黒江町である。

黒江町に入っていっとき歩いてから、ふたりは料理屋の脇の路地に足をむけた。八百屋、飲み屋、煮染屋《にしめや》などの小店《こだな》が、ごてごてとつづく裏路地だった。ぽつぽつと人影があった。ほとんど町人で、物売り、長屋の女房らしい女、職人ふうの男などが目についた。

「その店だな」

隼人が路地沿いの小体《こてい》な店を指差した。

軒先に、見覚えのある赤提灯《あかちょうちん》がぶら下がっていた。色褪《いろあ》せた赤提灯に「さけ、かめや」とだけ書いてあった。

店の近くまで行くと、なかからぼそぼそと男の話し声が聞こえた。客がいるらしい。

隼人と八吉は、縄暖簾《なわのれん》をくぐった。薄暗い店内に、客らしい男がふたりいた。土間に置かれた飯台を前にして酒を飲んでいる。ふたりとも職人ふうだった。

ふたりは店に入ってきた隼人を見て、口をつぐんだ。武士がいきなり店に入ってきたので警戒したらしい。

猪之吉とおしげの姿は、見当たらなかった。奥の板場にでもいるのだろう。

「だれかいねえかい」

八吉が声をかけた。

すると、飯台の置かれた土間の奥で、

「いま、行くよ」

と、男のしゃがれ声が聞こえた。

すぐに下駄の音がし、奥から痩せた初老の男が出てきた。すこし背がまがっている。猪之吉である。

「旦那たちですかい」

猪之吉は、隼人を見て首をすくめるように頭を下げた。隼人のことを覚えていたらしい。

「近くに用があったのでな。一杯、飲ませてもらおうと思って寄ったのだ」

隼人は、馴染《なじ》み客のような馴《な》れ馴れしい物言いをした。

「奥の座敷を使いやすか」

猪之吉は、客のいるこの場では話ができないと思ったようだ。

「旦那、奥でやらせてもらいやしょう」

すぐに、脇にいた八吉が言い添えた。

「そうだな」

隼人と八吉は、奥の小座敷に入った。座敷といっても、土間のつづきにあり、障子をたてて土間と隔ててあるだけである。ふだん、猪之吉とおしげが居間に使っている座敷で、馴染みの客や店が混んだときに使わせるらしい。

隼人と八吉が小座敷に腰を落ち着け、いっときすると猪之吉とおしげが酒と肴《さかな》を運んできた。おしげは四十代半ばだろうか。樽《たる》のようにでっぷり太っていた。瘦身の猪之吉と並ぶと、太った体がよけい目立つ。

おしげは、隼人に頭を下げただけで何も言わなかった。隼人のことを覚えていないのだろう。

おしげが小座敷から去ると、

「猪之吉、おめえに訊きてえことがあってな」

八吉が声をひそめて言った。小声でないと、土間の飯台にいる客に聞こえてしまうのだ。

「へえ……」

猪之吉は座敷に腰を下ろした。浮かぬ顔をしている。

「なに、おめえに迷惑はかけねえ。ちょいと、噂話《うわさばなし》をするだけだ」

八吉は懐から巾着《きんちゃく》を取り出し、一朱銀を猪之吉に握らせた。いつもそうだが、猪之吉はただでは話さないのだ。

「へッへへ……。すまねえ」

猪之吉は急に表情を変え、手にした一朱銀を巾着にしまった。

「みみずく小僧のことだ」

八吉がさらに声をひそめて言った。

「みみずく小僧か」

猪之吉の顔から愛想笑いが消えた。

「噂を聞いたことがあるだろう」

「まあね」

「みみずく小僧が、佐賀町の黒沢屋に入った後、足を洗ったのは知ってるな」

八吉が訊いた。

隼人は黙って八吉と猪之吉のやりとりを聞いている。

「噂は聞きやした」

「そのみみずく小僧が、仲間といっしょに盗みに入ったらしいんだが、その噂は聞いてるかい」

「野田屋と松坂屋ですかい」

猪之吉が低い声で言った。虚空《こくう》にむけられた細い目に、壺振りだったころの鋭いひかりが宿っている。

「そうだ」

「あっしは、野田屋と松坂屋に入ったのは四人組だと聞きやしたぜ」

「四人組のようだ」

隼人が口をはさんだ。

「四人組なら、みみずく小僧じゃァねえ。みみずく小僧は独り働きの盗人だ。仲間と組んだりしねえはずだ」

「おれもそう見てるがな。手口がみみずく小僧とそっくりなんだ。頭巾も、みみずく小僧のものだしな」

　隼人が言った。

「だれか、みみずく小僧を真似《まね》たんじゃァねえかな」

「うむ……」

　隼人が口をつぐむと、

「猪之吉、だれか心当たりはあるかい」

　八吉が訊いた。

「心当たりといわれてもなァ……」

　猪之吉は首をひねった。

「店に侵入する手口だがな。みみずく小僧もそうだが、どこから、どうやって入ったか分からねえんだ」

　隼人が言った。

「四、五年も前に、盗人だった男から耳にしたんですがね。みみずく小僧は戸を破ったり、店の者に手引きさせて入ったんじゃァねえそうですぜ」

「どうやって入ったのだ」

隼人が身を乗り出して訊いた。

「まだ、店がひらいているうちに、奉公人の目を盗んで店に入《へえ》り、店の者が寝込む夜まで身を隠してるんじゃァねえかと言ってやしたぜ」

「店がひらいているうちに入るだと！」

そのとき、隼人の脳裏に、利助が黒沢屋の番頭から聞き込んできたことがよぎった。番頭の話では、夜中に店内の土間に積まれた乾鰯を入れた叺の辺りで、ゴソゴソと音がしたというのだ。

……みみずく小僧は、叺の陰に隠れていたのかもしれない。

店をしめるすこし前に奉公人の目を盗んで店内に入り、積んであった叺の陰に身を隠して夜になるのを待つのである。

奉公人たちは店の戸締まりは確かめるが、店内に積んである叺の陰まで見ることはないはずだ。

それに、店によっては表からでなく背戸から入り、竃《へっつい》や薪《まき》置き場の陰などに身を隠していて夜になるのを待ってもいいのだ。

隼人が自分の考えを話すと、

「旦那、まちげえねえ。みみずく小僧は、そうやって店に入《へえ》ったんだ」

八吉がめずらしく昂《たかぶ》った声で言った。

「あっしもそうみてやす」

「野田屋と松坂屋に入った押込みも、一味のだれかひとりがそうやって入ったのだな」

「まちげえねえ。盗人のなかには、みみずく小僧がどうやって店に忍び込んでいたか、気付いていたやつもいるはずでさァ」

猪之吉が目をひからせて言い添えた。

それから、隼人と八吉は錠前破りや盗賊にくわわるような腕のたつ武士のことも訊いてみたが、猪之吉は知らなかった。

4

隼人は黒江町に出かけた翌朝、奉行所には出仕せず本所石原町にむかった。

石原町には、野上孫兵衛《のがみまごべえ》の道場があった。野上は、隼人が若いころ剣術の稽古に通った直心影流《じきしんかげりゅう》の団野源之進《だんのげんのしん》の道場の高弟だった男である。

野上は十数年ほど前に団野道場を出た後、石原町に町道場をひらいたのだ。隼人は以前から野上と親交があり、剣術のことで何かあると話を聞くことがあった。野上は江戸の剣壇のことにも明るかったのだ。

　隼人は押込み一味のなかにいる武士のことが気になっていた。武士は首を横に斬り、一太刀で仕留めていた。刀身を横一文字に払う特異な太刀といっていい。隼人は、野上なら刀身を横に払う太刀を遣う武士を知っているのではないかと思ったのだ。

　本所石原町に入り、通りをいっとき歩くと、気合や木刀を打ち合う音が聞こえてきた。野上道場は稽古中のようだ。

　隼人は道場の戸口から入ると、

「おたのみもうす！　おたのみもうす！」

と、声を張り上げた。ちいさな声では、稽古の音に搔《か》き消されてしまうのだ。

　いっときすると、正面の板戸があいて、稽古着姿の若い武士が姿を見せた。顔が紅潮し、汗がひかっている。

「どなたでござろうか」

　若い武士が訊いた。隼人のことを知らないようだ。

「八丁堀の長月隼人が来たと、野上どのにお伝え願いたい」

「しばし、お待ちを」

　若い武士は、すぐに道場にもどった。

隼人が土間に立って待つと、若い武士が師範代の清国新八郎《きよくにしんぱちろう》を連れてもどってきた。

「長月どの、お久し振りでござる」

清国が手の甲で額の汗を拭いながら言った。

清国は三十がらみだった。痩身だが、鍛えた体は鋼《はがね》のような筋肉でおおわれている。

清国は、道場主の野上に次ぐ遣い手である。

野上には妻子がいなかったので、いずれ清国を養子にし、道場を継がせる気でいるようだ。

「野上どのにお訊きしたいことがあってまいったのだが、稽古中のようだな」

隼人は、稽古が終るのを待つつもりでいた。

「ちょうど、稽古が終るところです。なかに入ってください」

そう言って、清国は隼人を道場内に入れた。

道場内には、鋭い気合と木刀を打ち合う音がひびいていた。門弟六人がふたりずつ三組に分かれ、直心影流の型稽古をおこなっている。二十ほどの他の門弟が道場の両側に座して、型稽古を見ていた。

型稽古は仕太刀（学習者）と打太刀（指導者）に分かれて木刀で打ち合うのだが、決められたとおりに木刀をふるい、直心影流の刀法を身につけるのである。

道場主の野上は正面の一段高い師範座所に座って、門弟たちの稽古の様子を見ていた。隼人の姿を目にすると、立ち上がってそばに来た。

「長月、久し振りで、型稽古でもするか」

野上が相好をくずして言った。

野上はすでに還暦にちかい歳《とし》で、鬢や髷には白髪もあったが、老いは微塵《みじん》も感じさせなかった。偉丈夫で、首が太く胸が厚かった。覇気があり、身辺には剣の遣い手らしい威風がただよっている。

「またにします」

隼人が苦笑いを浮かべて言った。

「そうか」

野上は清国に稽古はこれまでにするよう、声をかけた。

すぐに、清国が道場の正面に立ち、門弟たちに稽古を終りにするよう伝えた。

稽古が終り、門弟たちが道場から姿を消すと、野上は道場のなかほどに腰を下ろし、隼人と清国をそばに呼んだ。

道場内には、まだ稽古の熱気と汗の臭いが残っていた。隼人には懐かしい稽古の余韻である。

「長月、用件は」

野上が切り出した。

清国は野上の脇に座して、隼人に目をむけている。

「野上どのは、室町の野田屋と小網町の松坂屋に押し入った賊のことを聞いてますか」

「門弟たちが噂しているのを耳にしたが。長月は、その件にかかわっているのか」

野上は、隼人が南町奉行所の隠密廻《おんみつまわ》り同心であることを知っている。

「そうです。……実は、押し入った賊のことで、お聞きしたいことがあるのです」

「話してみろ」

「賊は四人ですが、ひとり武士がおります」

「武士がな」

野上が眉を寄せた。

「その武士が遣い手のようなのです。しかも、変わった太刀を遣います」

「変わった太刀とは」

野上が身を乗り出すようにして訊いた。

「刀を横に払って、首を斬るのです」

隼人は、深い傷で頸骨《けいこつ》まで截断《せつだん》されていたことを話した。

「刀を横に払う太刀か……。しかも、首を斬ったとなると、かなり高く払い斬りにしたとみえる」

野上は虚空を睨むように見すえていた。

隼人と清国は口をとじ、野上の次の言葉を待っている。

「飛燕《ひえんぎ》斬りかもしれん」

野上がつぶやくような声で言った。

「飛燕斬りとは」

隼人が身を乗り出すようにして訊いた。清国も、野上を見つめている。

「四、五年も前だが、一刀流の中西道場の門弟だった増川浅右衛門《ますかわあさえもん》という男が横に払う太刀で、首を斬ると聞いた覚えがある」

「増川浅右衛門ですか」

隼人は聞いた覚えがなかった。

「たしか、家は御家人と聞いたが……」

野上は語尾を濁した。はっきりしないらしい。

「飛燕斬りは、どのような剣ですか」

隼人が訊いた。

清川も知らないらしく、真剣な眼差《まなざし》で野上を見つめている。

「おれも話に聞いただけだが、まず上段に構え、初太刀を真っ向へ斬り下ろし、二の太刀を横に払うそうだ。その太刀筋が迅《はや》く、ちょうど燕《つばめ》が縦横に飛ぶように見え、それで、飛燕斬りと呼ばれているらしい」

「その飛燕斬りは、一刀流の刀法にあるのですか」

「ない。おそらく、増川が真剣勝負のなかで工夫した技であろう」

野上は、道場での竹刀を遣った立ち合いでは、上段から真っ向への打ち込みはできるが、首を狙って横に払うことはむずかしいことを話した。

「いかさま」

隼人も、竹刀での打ち合いで、真っ向に打ち込み、連続して横に払って首を打つのは無理だと思った。

隼人が黙考していると、

「長月、飛燕斬りと立ち合う気ではあるまいな」

野上が顔をけわしくして訊いた。

「分かりませんが、いずれ立ち合うことになるかもしれません」

まだ、何とも言えなかった。はたして、押込みのひとりが、増川かどうかもはっきりしないのだ。

野上はいっとき虚空に目をむけていたが、

「飛燕斬りとの立ち合いは、間合の読みが勝負を決めるかもしれんな」

と、つぶやくように言った。

「間合の読み……」

隼人は飛燕斬りの太刀筋を脳裏に描いてみた。縦横に刀をふるう太刀に対し、間合をどうとればいいのか、分からなかった。

5

隼人が座敷でくつろいでいると、戸口に近付いてくる足音がした。だれか来たらしい。おたえが戸口に出たらしく、来客とのやりとりが聞こえた。声の主は天野だった。天野は何か話があって来たにちがいない。

隼人は腰を上げた。亀島町《かめじまちょう》の河岸《かし》通りでも歩きながら、天野と話そうと思った。菊太郎はいま眠っているようだが、いつ目を覚まして騒ぎだすか分からない。それに夕《ゆう》餉《げ》前なので、天野も腰が落ち着かないだろう。

隼人が戸口に出ると、

「長月さん、そこらを歩きながら話したいのですが」

と、天野の方から言い出した。

「そうだな、河岸通りでも歩きながら話すか」

隼人の住む組屋敷から亀島町の河岸通りは近かった。

おたえが隼人の耳元で、「天野さまに、上がっていただいたら」とささやいたが、隼人は、

「天野は内密な話があって来たようだ」

そう言って、天野を連れて戸口から出た。

隼人と天野は、同心の住む組屋敷のつづく通りを歩き、越前堀に突き当たった。ふたりは堀沿いにつづく河岸通りをぶらぶら歩きながら話した。

夕陽が、八丁堀の組屋敷の先にひろがる日本橋の家並のむこうに沈みかけていた。西の空が茜色《あかねいろ》に染まっている。

風のない静かな雀色時《すずめいろどき》である。河岸通りは、ちらほら人影があった。八丁堀同心や中間《ちゅうげん》などが足早に通り過ぎていく。

「天野、何の話だ」

隼人が訊いた。

「はい、押込みのことです」

天野は、みみずく小僧の名は口にしなかった。

「何か知れたのか」

「殺された番頭と手代の首に残された傷のことで、臨時廻りの狭山《さやま》さんから聞いたんですが、三年ほど前、柳原通りに首を横に斬る辻斬《つじぎ》りが出没したことがあるそうです」

狭山錬次郎《れんじろう》は、年配の臨時廻り同心だった。隼人はあまり話したことはないが、地道に探索をつづけることで知られていた。他の同心が諦めたころ、下手人をつきとめて捕縛することもあり、同心たちから一目置かれていた。

「その件だがな、おれも探ってみたのだ」

隼人は野上から聞いたと前置きし、増川浅右衛門という男が、首を横に斬る飛燕斬りという太刀を遣うことを話した。

「その増川が、辻斬りでは！」

天野が足をとめて声を上げた。

「そうかもしれんな」

隼人は、いまの段階で辻斬りが増川と決め付けることはできないと思った。

「増川は辻斬りをしていたが、盗人一味とどこかで知り合い、仲間にくわわったのかもしれませんよ」

さらに、天野が言った。

「いずれにしろ、増川を捕らえる必要があるな」

「増川の居所は分かっているのですか」

「いや、分からん。いま、分かっているのは、増川は御家人の出で、一刀流の中西道場の門弟だったことぐらいだ」

隼人は、中西道場の門弟にあたれば、増川のことが知れるのではないかとみていた。

「やっと、盗人一味が見えてきた」

天野がつぶやき、ゆっくりと歩きだした。

「まだ、たしかなことは言えないが、みみずく小僧がどこからどうやって商家に侵入していたかも、見当がついたぞ」

隼人が声をあらためて言った。

「知れましたか」

天野が、また足をとめて振り返った。

「店がひらいているうちに、奉公人の目を盗んで店内にもぐり込み、奉公人が寝込むのを待っていたのではないかな」

隼人は、みみずく小僧が黒沢屋の奉公人の目を盗み、乾鰯を入れた叺の陰に隠れていたらしいことを話し、

「それに、侵入するのは店の表からでなく、背戸から入って台所辺りに身を隠していてもいいのだ」

と言い添えた。

「それなら、みみずく小僧でなくてもできる」

天野が納得したようにうなずいた。

「押込み一味は、みみずく小僧がくわわったように装ったのかもしれんぞ」

隼人が言った。

「そのみみずく小僧ですがね。ちかごろ評判が落ちたようですよ」

「うむ……」

「手先たちが話しているのを耳にしたのですが、世間ではみみずく小僧のことを悪く言う者が増えたようです」

「仕方ないな。これまで、みみずく小僧は盗みに入ってもひとは殺《あや》めず、蔵を破って

も盗まれた店が困らないように大半は残しておいた。義賊とまではいえないが、江戸の市民はみみずく小僧に喝采を上げていたにちがいない。……それが、野田屋と松坂屋では、人を殺め、有り金をごっそり奪った。江戸の市民は、みみずく小僧に裏切られたような気がしたのだろうな」

隼人にも、江戸の人々の気持ちが分かった。隼人自身、みみずく小僧に裏切られたような気がしたのである。

「それに、みみずく小僧だけではないのです」

天野が眉を寄せて言った。

「どういうことだ」

「町奉行やわれわれにも、非難の矛先がむけられているようです。凶悪な一味をいつまでのさばらせておくのだと……」

「早く、捕らえるしかないな」

隼人はゆっくりと歩きだした。

天野は黙したまま隼人と並んで歩いた。

いつの間にか、陽は家並の向こうに沈み、河岸通りの物陰には淡い夕闇が忍び寄っていた。通りの人影がとぎれ、越前堀の岸に寄せるさざ波の音だけが、やけに大きく聞こえてきた。

6

隼人は利助と綾次を連れ、下谷《したや》の練塀《ねりべい》小路を歩いていた。

隼人は羽織袴姿で二刀を帯びていた。八丁堀同心と知れないように身装を変えてきたのである。利助と綾次は、小者《こもの》のように隼人の後についてきた。

隼人たちは、増川のことを探るために練塀小路に来ていた。練塀小路に、増川が通っていた一刀流の中西道場があった。門弟から話を聞けば、増川のことが知れるとみたのである。

練塀小路沿いには、小身《しょうしん》の旗本屋敷や御家人の屋敷がつづいていた。中間や小者を連れた御家人や旗本などが通り過ぎていく。

「たしか、中西道場はこの先だったな」

隼人が通りの先に目をやった。

「稽古中かもしれませんよ」

利助が言った。

「いや、いまごろなら、朝の稽古も終っているはずだ」

すでに、四ツ半（午前十一時）を過ぎていた。朝から始まる午前中の稽古は、終っているはずである。

「旦那、むこうから歩いてくるふたり、道場帰りのようですよ」

綾次が、前方を指差して言った。

「そうらしいな」

ふたりの武士が、何か話しながら歩いてくる。ふたりとも、小袖に袴姿で下駄履きだった。剣袋を手にしている。

「あのふたりに、訊いてみるか」

隼人たちは路傍に足をとめ、ふたりの武士が近付くのを待った。

ひとりは十七、八と思われる若い武士で、もうひとりは二十歳過ぎらしかった。

隼人はふたりの武士に近付き、

「しばし、お待ちくだされ」

と、声をかけた。利助と綾次は殊勝な顔をして路傍に立っている。

「それがしたちで、ござるか」

二十歳過ぎの武士が、足をとめて訊いた。顔に訝《いぶか》しそうな色があった。隼人が何者か分からなかったからだろう。もうひとりの武士も足をとめ、不審そうな目をして隼人を見た。

「中西道場のご門弟とお見掛けしましたが」

隼人は、慇懃《いんぎん》な物言いをした。

「そうですが」

若い武士が言った。

「おふたりは、中西道場の門弟だった増川浅右衛門を知っておられようか」

隼人は増川の名を出した。

すると、ふたりの武士の顔に警戒と嫌悪の色が浮いた。どうやら、増川のことを知っているらしい。

「実は、それがし、増川どのの屋敷の近くに住んでおります。増川どのが家にいるころ、貸した物がありまして、何とか返してもらおうと増川どのを探しているのです」

隼人は、作り話を口にした。

「何を貸したのです」

年嵩の武士が訊いた。

「刀です。家宝の刀でして」

「家宝の刀ですか」

年嵩《としかさ》の武士の顔から警戒と嫌悪の色が消えた。隼人の話に興味を持ったらしい。

「はい、兼定の名刀です」

隼人は腰に帯びている刀のことを口にした。咄嗟《とっさ》に、兼定の名が浮かんだのである。刀の目利きのできる者でも拵《こしら》えを見ただけでは、だれが鍛えた刀なのかまったく分からない。隼人の腰の刀が、兼定とは思ってもみないだろう。

「増川どのに一晩だけでいいから貸してくれと言われ、家宝の兼定を迂闊《うかつ》にも貸してしまったのです。それっきり、刀を返してくれないばかりか、どこにいるのかもしれないのです」

隼人が困惑したような顔をして言った。

「それは、お困りでしょう」

年嵩の武士が気の毒そうな顔をした。

「増川どのは、いまどこにおられるかご存じでしょうか」

「知りませんね。増川どのは、五年ほど前に道場をやめましたから」

年嵩の男が言った。

「やはり、そうですか。……おふたりとも、増川どのがどこにいるか、ご存じないのですか」

隼人はがっかりしたような顔をした。

すると、若い武士が、

「深川にいると、聞いたことがありますよ」

と、声をひそめて言った。

「深川のどこです」

深川だけでは、探しようがない。

「さァ、どこか聞いてませんが……。それに、増川どのは身を持ち崩して、無頼漢《ぶらいかん》のような暮らしをしているそうですよ」

若い武士が声をひそめて言うと、

「刀は諦めた方がいいかもしれませんね。増川どのは、辻斬りをしているという噂もありましから」

年嵩の武士が、顔をしかめて言い添えた。

「まさか、それがしの兼定で辻斬りを！」

隼人は、悲痛な顔をして見せた。

「そこまでは知りませんが」

年嵩の武士が気の毒そうな顔をした。

「われらは、これで……」

ふたりの武士は隼人にちいさく頭を下げ、足早にその場から離れていった。

それから、隼人たちは通りかかった門弟らしい武士に別の作り話を口にし、増川家がどこにあるのか訊いた。武士は、増川家の屋敷が三枚橋の近くにあると教えてくれた。武士によると、増川家は八十石の御家人で、屋敷の脇に稲荷があるから行けば分かるという。三枚橋は不忍池《しのばずのいけ》から流れ出す忍川《しのぶがわ》にかかっており、御徒町《おかちまち》通りを北にむかえば突き当たる。

「行ってみよう」

「へい」

隼人たちは御徒町通りに出ると、武家屋敷のつづく通りを北にむかった。

7

「旦那、あれが三枚橋ですぜ」

利助が前方を指差して言った。

ちいさな橋だった。忍川は川幅が狭いので橋も短いのである。

「近くに稲荷があると言ったな」

隼人たちは、通りの左右に目をやりながら歩いた。

「あった！　そこに」

綾次が声を上げた。

旗本屋敷の築地塀の脇に路地があり、入り口のところに稲荷があった。路地沿いにちいさな赤い鳥居と祠《ほこら》がある。

「増川家は、あれだな」

隼人が、稲荷の脇にある武家屋敷を指差した。

武家屋敷といっても、板塀をめぐらせた小体な屋敷だった。門も粗末な木戸門だった。八十石の御家人にふさわしい屋敷である。

隼人たちは念のため近くを通りかかった中間に、増川家の屋敷かどうか訊いてみた。

「へい、増川さまのお屋敷で」

中間はそう答え、蔑《さげす》むような目を屋敷にむけた。増川家のことをよく思っていないらしい。

「増川どのの役柄を知っているか」

隼人が中間に訊いた。

「役柄もなにも、増川さまはちかごろ寝たきりだと聞きやしたぜ」

「たしか、浅右衛門という倅《せがれ》がいたはずだが」

　隼人は、浅右衛門の名を出してみた。

「その浅右衛門さまは、どうにもならねえ悪《わる》だそうでしてね。剣の達者なのはいいが、賭場で用心棒をしてると聞いたことがありますよ」

「賭場の用心棒か」

　辻斬りだけでなく、賭場の用心棒までやっていたのか、と隼人は胸の内で思った。

「噂ですがね」

「どこで、賭場の用心棒をしていたのだ。この辺りは武家地だ。賭場など、ないはずだがな」

　隼人は、増川が用心棒をやっていた賭場が分かれば、居所も知れるのではないかと思ったのだ。

「深川と聞きやした」

「深川のどこだ」

　さらに、隼人が訊いた。すると、中間は急に顔に警戒の色を浮かべ、

「知らねえ。あっしは急いでいやすんで、これで」

　そう言って、慌てて離れていった。隼人が執拗《しつよう》に訊いたので、幕府の目付筋か、火《か》

盗改《とうあらため》とでも思ったのかもしれない。

「屋敷に近付いてみるか」

隼人たちは通行人を装って、増川家の前まで行ってみた。

屋敷は荒れていた。板塀は所々剝《は》げ落ちていたし、塀越しに見える庭木の松や梅は、長年植木屋の手が入らないらしく、枝葉が伸び放題だった。

「ひでえ、屋敷だ」

利助が顔をしかめた。

「内証は苦しいようだな」

隼人たちは木戸門の前に足をとめ、傷んだ門扉に身を寄せてなかの様子をうかがった。屋敷からかすかな物音が聞こえた。廊下を歩くような音や障子をあけしめする音である。だれか、屋敷内にいるらしい。

隼人たちは、すぐにその場を離れた。いつまでも、門の前で屋敷の様子をうかがっているわけにはいかなかった。通行人のなかには、隼人たちに不審な目をむけて通り過ぎる者もいたのだ。

隼人たちは増川家から一町ほど離れた路傍に足をとめた。

「増川家の様子を探ってみるか」

「へい」

利助と綾次がうなずいた。

隼人たちはその場で別れ、一刻（二時間）ほどしたら、三枚橋のたもとに集まることにした。三人でいっしょに聞き込みにあたるより、別々の方が埒《らち》があくとみたのである。隼人はひとりになると、三枚橋を渡った先の路地を左手に折れた。そこは忍川沿いにつづいている路地で、百石前後と思われる御家人の武家屋敷が並んでいた。

隼人は通りかかった御家人ふうの武士や中間などに、それとなく増川家のことを訊いてみた。何人かに訊くと、増川家のことがだいぶ知れてきた。

増川家の当主は、浅右衛門の兄の長兵衛《ちょうべえ》とのことだった。増川家を継いだときから非役で、内証は苦しかったという。また、長兵衛は四、五年前から病気がちで、屋敷内に伏せっていることが多いそうだ。

次男の浅右衛門は少年のころから乱暴者で、近隣に住む同年配の者たちと頻繁に喧《けん》嘩《か》沙《ざ》汰《た》を起こしたという。

ただ、浅右衛門は中西道場に通うようになってからは剣に打ち込み、近隣でも噂になるほど腕を上げた。ところが、二十歳を過ぎたころから酒の味を覚え、岡場所にも出入りするようになって家に寄り付かなくなったそうだ。

隼人は、いま浅右衛門がどこで何をしているかも訊いたが、ちかごろのことを知る者はいなかった。浅右衛門が家から離れてだいぶ経《た》つせいらしい。

隼人が三枚橋のたもとにもどると、利助と綾次が待っていた。

「歩きながら話すか」

隼人が言った。すでに、陽は西の空にあった。これから、隼人は八丁堀まで帰らなければならないのだ。

隼人たち三人は、御徒町通りを南にむかった。

「どうだ。何か知れたか」

隼人が利助と綾次に顔をむけて訊いた。

「へい、増川を知っている中間から話を聞くことができやした。増川の情婦《いろ》が、米沢町の近くに住んでるようでさァ」

利助に話した中間によると、米沢町の路地を歩いているとき、増川が小料理屋から出てきたところを目にしたという。

増川は小料理屋の女将《おかみ》らしい女に送られて出てきたが、ふたりは店の脇の暗がりで身を寄せて何やら話していたそうだ。

「中間は、女将が増川の情婦《おんな》にちがいねえと言ってやした」

利助が言った。

「その中間が米沢町で増川を見かけたのは、いつのことだ」

「二月《ふたつき》ほど前だそうで」

「小料理屋を見張れば、増川があらわれるかもしれんな」

増川と女将の関係はいまもつづいている、と隼人はみた。

「へい」

「その小料理屋は、どこにあるか分かったのか」

「分からねえが、中間の話じゃァ、その小料理屋は、米沢町にある福沢屋《ふくざわや》ってえ両替屋の脇の路地を入って、すぐのところにあるそうで」

「それだけ分かれば、すぐに知れるな」

両替屋なら、探すのにそう手間はかからない。

「あっしが、行ってみやすよ」

利助が目をひからせて言った。

「ところで、綾次、何か知れたか」

隼人が綾次に顔をむけて訊いた。

「それが、これといったことはつかめなかったんで……」

綾次が照れたような顔をして話しだした。

「たまたま通りかかった中間が、増川家の近くに屋敷のある旗本に仕えてやしてね。増川を知ってたんでさァ。そいつが、増川を薬研堀《やげんぼり》近くで見かけたことがあるって話してやした」

「増川は、米沢町界隈《かいわい》に住んでいるのかもしれないな」

薬研堀は米沢町のすぐ近くだった。それに、深川に行くにも両国橋を渡れば、すぐである。

そんな話をしながら隼人たちは、神田川沿いの通りに出た。そこは、神田川にかかる和泉橋《いずみばし》のたもとである。

「旦那、豆菊で一杯やっていきやすか」

利助が訊いた。

和泉橋を渡れば、豆菊のある紺屋町もそう遠くない。

「そうだな。何か食わしてもらうか」

隼人は酒よりも何か食べたかった。腹がへっていたのである。利助たちもそうだろう。

第三章　みみずくあらわる

1

「旦那、あれが福沢屋でさァ」

利助が通り沿いにある両替屋を指差した。

隼人、利助、綾次の三人は、日本橋米沢町に来ていた。増川の情婦《いろ》らしい女将《おかみ》のいる小料理屋をつきとめるためである。

「脇に路地があるな」

福沢屋の脇に裏路地があった。

「行ってみよう」

「へい」

隼人たち三人は、裏路地に入った。小体《こてい》なそば屋、一膳めし屋、縄暖簾《なわのれん》を出した飲み屋など飲み食いできる店が、ごてごてとつづいている。人通りは結構多かった。物売りや土地の住人が多いようだった。

「旦那、あそこに小料理屋がありやすぜ」

利助が前方を指差した。

半町ほど先、一膳めし屋の斜向《はすむ》かいに小料理屋らしい店があった。

「近付いてみるか」

隼人たち三人は、通行人を装って小料理屋らしい店に近付いた。

路地では、目を引く小洒落《こじゃれ》た店だった。戸口は格子戸になっていた。格子戸の脇に掛け行灯《あんどん》があった。「御酒、肴、すずや」と記してある。

隼人たちは、すずやの前で歩調を緩めた。店の戸口に暖簾が出ていたが、ひっそりとして人声も物音も聞こえなかった。まだ客はいないのかもしれない。

隼人たちは、足をとめずに店の前をそのまま通り過ぎた。路地は人通りがあり、すずやの前で足をとめていると、不審な目をむけられそうだ。

半町ほど歩いたところで、隼人たちは足をとめた。そこに狭い空き地があったので、商いの邪魔をするようなことはなかった。

「すずやは暖簾が出ていたので、店はひらいているとみていいな」

隼人が言った。

「どうしやす」

利助がすずやに目をやって訊《き》いた。

「張り込んでみるしかねえが、その前に近所ですずやのことを訊いてみたいな」

隼人たちは、女将の名も知らなかったし、はたして増川がすずやに出入りしているのかもはっきりしなかった。

「旦那、そこの酒屋で訊いてみやすか」

綾次が指差した。

隼人たちが、立っている斜向かいに小売り酒屋があった。店先に、水を張った桶《おけ》が置いてあった。徳利《とっくり》を洗うためである。店のなかには、酒樽《さかだる》が並んでいた。その酒樽の前に、店の親爺《おやじ》らしい男と若い遊び人ふうの男が立っていた。この店は、立呑酒《たちのみざけ》も売っているらしい。

店先近くまで行くと、利助が、

「あっしが、訊いてみやす」

と言って、ひとりで店に入った。

隼人と綾次は、この場は利助にまかせて店の脇で待っていた。

「いらっしゃい」

店の親爺が、愛想のいい声をかけた。利助を客と思ったらしい。

「ちょいと、訊きてえことがあるんだがな」

利助が懐から十手を取り出して見せた。

「親分さんですかい」

親爺の顔から愛想笑いが消えた。客ではなく、岡っ引きと分かったからだろう。

若い男は、首をすくめるように利助に頭を下げた。目に警戒の色がある。

「そこに、小料理屋があるな」

「ありますが」

「両国の広小路を稼ぎ場にしている政次《まさじ》ってえ掏摸《すり》を追ってるんだがな、それらしいやつが、そこの店に入《へえ》ったのよ」

利助は、もっともらしい作り話を口にした。政次も咄嗟《とっさ》に頭に浮かんだ名である。まだ、増川のことを探っているのを知られたくなかったのだ。

「掏摸ですか」

親爺は利助の話を信じたらしく、話に乗ってきた。若い男から警戒の色が消えた。自分とはかかわりがない、と思ったようだ。

「女将の名を知ってるかい」

「おぎんさんですが」

「おぎんか。……政次の情婦《おんな》じゃァあるめえな」

「ちがうはずですよ。おぎんさんには、別にいい情夫《おとこ》がいるようですから」

親爺の口許《くちもと》に薄笑いが浮いた。

脇に立っていた若い男の顔にも、にやけた笑いが浮いている。若い男もおぎんの情夫のことを知っているらしい。

「おぎんには、別の情夫がいるのか」

利助が念を押すように訊いた。

「いるようですよ。店先で、よく話しているのを見かけますから」

「どんな男だ」

「二本差しでさァ」

若い男が脇から口をはさんだ。

「二本差しだと」

利助は、増川のことだろうと思った。

「おめえも、見たことがあるのかい」

利助が若い男に訊いた。

「ありやすよ。一度、店の脇の暗がりで、女将が二本差しに抱きついてるのを見たことがありますァ」

若い男の顔に、またにやけた笑いが浮いた。

「その二本差しは、よく店に来るのかい」

「三日に一度ぐらいは、来るかもしれませんよ」

親爺が言った。

「三日に一度な」

利助は、三日に一度ほど来るなら、張り込みも、そう苦労せずに増川の顔を拝むことができるとふんだ。

「おぎんは、政次の情婦じゃァねえようだ」

利助は、手間をとらせたな、と言い置いて店から出た。

隼人、利助、綾次の三人は、酒屋の店先から離れると、

「利助、うまく聞き出したな」

隼人が言った。

「増川は三日に一度ぐれえ、すずやに来てるようでさァ」

「そのようだな」

「あっしと綾次で、見張りやすよ」

利助が言うと、綾次もうなずいた。

「いや、繁吉《しげきち》と浅次郎《あさじろう》も使おう。見張りは、長丁場になるはずだ」

増川がすずやに姿を見せても、いつすずやから出るか分からない。跡を尾《つ》けて塒《ねぐら》をつきとめるのは大変である。

それに、大きな事件《やま》なので、隼人は繁吉と浅次郎も使いたかったのだ。

繁吉も、隼人が手札を渡している岡っ引きだった。浅次郎は、繁吉の下っ引きである。繁吉はふだん深川今川町にある船宿、船木屋《ふなきや》の船頭をしていた。それで、隼人は大きな事件のおりだけ、手先として使っていたのである。

2

「今川町の、あれが、すずやでさァ」

利助が小料理屋を指差した。脇に、繁吉と浅次郎の姿があった。

利助は繁吉のことを、今川町の親分、あるいは親分を略して、今川町の、と呼んでいる。繁吉は利助より年上で、岡っ引きとしての経験も長かったからである。

利助、綾次、繁吉、浅次郎は、すずやから三十間ほど離れた借家らしい仕舞屋《しもたや》の板塀の陰にいた。そこから、すずやを見張ることにしたのである。

八ツ（午後二時）ごろだった。路地は、ぽつぽつと人影があった。物売り、職人ふうの男、長屋の女房らしい女、町娘……などが通り過ぎていく。

「増川は来てるかな」

繁吉がすずやに目をやりながら言った。

繁吉は三十代半ばだった。面長で細い目をしていた。ふだん、船宿の船頭をしているせいか、顔は陽に灼《や》けて浅黒い。

浅次郎は二十歳前で、北本所にある八百屋の伜《せがれ》だった。

「まだらしいな」

すずやの店先に暖簾は出ていたが、さきほど店の前を通ったときは、ひっそりとして客の話し声も聞こえなかったのだ。

「まだ、陽は高いからな」

繁吉が頭上を見上げて言った。

初秋の強い陽射しが路地を照らしていた。まだ、小料理屋で一杯やるような時間ではない。

「いまから、四人で雁首《がんくび》をそろえて見張っていることはねえな」

繁吉が、そこらで、増川とおぎんのことを聞き込んでくるぜ、と言い置き、浅次郎を連れて、その場を離れた。

利助と綾次は、その場に残ってすずやを見張った。それから小半刻（三十分）ほど過ぎたが、すずやに出入りする者はいなかった。

「親分、増川が来るのは陽が沈んでからですぜ」

綾次が生欠伸《なまあくび》を噛《か》み殺して言った。

「そうだろうな」

利助も、増川が来るのは暗くなってからではないかとみていた。ただ、増川はおぎんの情夫らしいので、昨夜来て店に泊まったかもしれない。そうであれば、店を出るのがいまごろになるのではあるまいか。

「暇だなァ」

綾次が両手を突き上げて伸びをした。

ふいに、綾次の動きがとまった。腕を突き上げたままである。

「お、親分、だれか来た！」

綾次が声を殺して言った。

すずやの店先に、男がひとり足をとめた。町人だった。茶の腰切半纏《こしきりばんてん》に同色の股引《ももひき》を穿《は》いていた。左官か屋根葺《ふ》き職人のような恰好《かっこう》である。

男は路地の左右に目をやってから、すずやの格子戸をあけてなかに入った。

「客らしいな」

利助はそう言ったが、ただの客ではないような気もした。職人らしいが、いまごろひとりで小料理屋に飲みに来るのは変だし、それに男が店に入る前、路地の左右に目をやって警戒するような素振りを見せたのも腑《ふ》に落ちなかった。

男は店に入ったまま出てこなかった。それから、小半刻（三十分）ほどして、繁吉と浅次郎がもどってきた。

「どうだ、増川は姿を見せたかい」

繁吉が訊いた。

「それが、まだなんで。……店に入《へえ》ったのは、ひとりだけでさァ」

利助が、職人ふうの男がひとり店に入ったことを話した。

「まァ、増川が来るとしても、暗くなってからだろうよ」

そう言った後、繁吉はそば屋に立ち寄って、すずやのことで聞き込んだことを言い添えた。

繁吉が聞いた話によると、すずやは土地の男はあまり入らず、顔を知らない職人や遊び人ふうの客が多いという。

「二本差しのことも聞いてみたんだがな、二本差しの客はすくねえそうだぜ。増川の他は、あまり出入りしてねえようだ」

繁吉は聞き込んだことを話し終えると、

「張り込みは、長丁場になりそうだ。……紺屋町の、綾次とふたりで腹ごしらえでもしてくるといいぜ。この先、二町ほど行くと、そば屋がある」

と言い添えた。

繁吉は、ちかごろ利助のことを、紺屋町の親分とか紺屋町の、と呼ぶようになった。利助のことを一人前の岡っ引きと認めたからであろう。

「それじゃァ、ちょいと行ってきやす」

利助は綾次を連れて、その場を離れた。

利助たちがその場にもどったのは、陽が家並の向こうに沈んでからだった。路地沿いの店の軒下や路傍の樹陰などには、淡い夕闇が忍び寄っていた。

「今川町の、増川は来やしたかい」

すぐに、利助が訊いた。

「いや、まだだ」

繁吉によると、職人ふうの男がふたり、それに遊び人ふうの男がひとり、すずやの暖簾をくぐっただけだという。

「もうすこし、暗くなってからだな」

利助と綾次は、繁吉たちの脇に腰をかがめた。

いっときすると、石町《こくちょう》の暮れ六ツ（午後六時）の鐘が鳴った。その鐘の音が合図でもあったかのように、路地のあちこちから表戸をしめる音が聞こえてきた。店をしめ始めたらしい。

路地の人影も、すくなくなった。出職の職人や仕事帰りに一杯ひっかけた男などが通り過ぎていく。

「来たぞ！　二本差しだ」

繁吉が声を殺して言った。

見ると、路地の先に大小を帯びた武士の姿が見えた。小袖に袴《はかま》姿で、足早にこちらに歩いてくる。中背で肩幅がひろく、どっしりとした腰をしていた。武芸の修行で鍛えた体のようである。

武士はすずやの店先で足をとめると、周囲に目をやってから格子戸をあけた。

「やつだな」

利助が、武士を見つめながら言った。

3

「どうしやす」

綾次が昂《たかぶ》った声で言った。

武士はすずやに入ったまま出てこなかった。

「待つしかないな。跡を尾けて、やつの塒をつきとめるんだ」

繁吉が言うと、その場にいた利助たちがうなずいた。

辺りは夕闇につつまれていた。路地沿いの店は表戸をしめ、ひっそりとしていた。すずやの戸口からは淡い灯が洩《も》れている。辺りが静かになったせいか、すずやや路地沿いのある飲み屋などから、男の濁声《だみごえ》や哄笑《こうしよう》などが聞こえてきた。

それから一刻（二時間）ほども過ぎただろうか。この間、すずやから三人の客が出てきたが、まだ増川は姿を見せなかった。路地は夜陰につつまれ、すずやの戸口から洩れる灯がくっきりと闇を照らしている。

「やつは、泊まるかもしれねえ」

浅次郎が、すずやの戸口に目をむけて言った。

「こうなったら、やつが出てくるまでねばるしかねえ。せっかく、やつの尻尾《しっぽ》をつかんだんだ。離しゃァしねえよ」

繁吉がつぶやくような声で言った。

そのときだった。ふいに、戸口の格子戸があいて、だれか出てきた。

「やつだ！」

綾次が、声を殺して言った。

武士と女将の姿が見えた。そのふたりのすぐ後ろに、もうひとり男がいた。町人である。茶の腰切半纏に股引姿だった。

「昼間、店に入ったやつだ」

利助が言った。

「やつも、みみずく一味かもしれねえ」

腰切半纏姿の男は、武士と何やら話していた。

三人は戸口に出ると、武士が女将に何やら声をかけてから戸口を離れた。武士は腰切半纏姿の男とふたりで、路地を表通りの方にむかって歩きだした。女将はふたりの姿が店先から離れると、踵《きびす》を返して店にもどった。

「尾けるぞ」

繁吉が言った。

「合点《がってん》で」

利助たちは、板塀の陰から路地に出た。

頭上に、十六夜《いざよい》の月が出ていた。路地を淡い青磁色に照らしている。利助と繁吉が前に出て、半町ほど間をとって武士と町人の跡を尾け始めた。綾次と浅次郎はさらに間をとり、利助たちの後ろから尾けていく。四人がふたりずつに分かれたのは、武士と町人が背後を振り返ったとき四人だと目立つからである。

利助たちは路地沿いの店の軒下や樹陰などをたどりながら、武士と町人の跡を尾けていく。

武士と町人は路地から表通りへ出ると、両国広小路の方へ足をむけた。そして、両国広小路に出ると、両国橋を渡った。

ふたりは何やら話しながら歩き、背後を振り返るようなことはなかった。夜ということもあって、尾行者のことは念頭にないようだ。

ふたりは両国橋を渡ると右手に足をむけ、竪川《たてかわ》沿いの通りに出た。竪川にかかる一ツ橋のたもとまで来ると、ふたりは足をとめた。そして、何やら言葉を交わした後、二手に分かれた。

武士は一ツ目橋を渡り、町人は竪川沿いの道を東にむかって歩いていく。

「紺屋町の、二本差しを尾けてくれ。おれと浅次郎は、もうひとりの男を尾ける」

繁吉が利助に言った。

「承知」

すぐに、利助は綾次を手招きで呼び、武士の後を追って、一ツ目橋を渡った。

繁吉は浅次郎と町人を尾けていく。


一ツ目橋を渡った武士は、そのまま大川端の道を南にむかい、御舟蔵の脇に出た。足早に大川沿いの道を歩いていく。

「親分、やつはどこへ行く気ですかね」

綾次が昂った声で利助に訊いた。

「塒だな」

利助はそれしか考えられなかった。情婦のいる店から、酒色のために河岸を変えたとは思えない。

武士は新大橋のたもとに出た。右手に大川の川面がひろがっている。川面は月光を映じて銀色にひかり、波の起伏で揺れていた。日中は猪牙舟《ちょきぶね》、屋形船、荼船などが行き交っているのだが、いまは船影はなく滔々《とうとう》した流れが彼方の永代橋《えいたいばし》の先までつづき、深い夜陰のなかに呑み込まれている。

武士はさらに川下にむかって歩いていく。

利助たちは、道沿いの店の暗がりに身を隠しながら武士の跡を尾けた。足音を気にする必要はなかった。轟々《ごうごう》という大川の流れの音が、足音を消してくれる。

武士は小名木川《おなぎがわ》にかかる万年橋を渡り、さらに川下へとむかった。そして、仙台堀にかかる上ノ橋のたもとまで来ると、左手に折れた。

「おい、まがったぞ」

利助と綾次は走った。武士の姿が、大名家の下屋敷の陰になって見えなくなったのだ。利助たちは下屋敷の脇まで来ると、足をとめて仙台堀沿いの通りに目をやった。

「あそこだ」

綾次が指差した。

武士は、仙台堀沿いの道を東にむかっていく。

利助たちは、また通り沿いの店の軒下や川沿いに植えられた柳の樹陰などに身を隠して、武士の跡を尾け始めた。

武士は伊勢崎町に入っていっとき歩いたところで足をとめ、通り沿いにあった借家ふうの家に入った。

「あれが、やつの塒かもしれねえ」

利助と綾次は、武士の入った家の戸口に近付いた。

小体な仕舞屋が三棟並んでいた。いずれも、借家らしい。武士が入ったのは、東側の家だった。

利助たちは足音を忍ばせて、家の戸口に近付いた。家のなかから、足音と障子をあけるような音が聞こえてきた。人声はしなかった。いっときすると、戸口の隙間から灯の色が見えた。武士が、行灯にでも火を点《つ》けたのかもしれない。

「親分、やつしかいねえようですぜ」

綾次が声を殺して言った。

「独り暮らしかもしれねえな」

「どうしやす」

「もどろう」

今日のところは、これまでである。明日にも出直し、近所で聞き込めば武士が何者かはっきりするだろう。

利助と綾次は、人影のない仙台堀沿いの道を引き返した。

4

利助や繁吉たちが、すずやから武士と町人の跡を尾けた三日後、豆菊の奥の小座敷に男たちが集まっていた。隼人、八吉、利助、綾次、繁吉、浅次郎の六人である。

昨日、利助が八丁堀に足を運び、繁吉たちといっしょに、小料理屋にあらわれた武士と町人の跡を尾けたことを隼人に話すと、

「繁吉からも、話を聞きたい。豆菊に集めてくれ」

と隼人に言われ、利助が繁吉たちにも声をかけたのである。

「まず、利助から話してくれ」

隼人がうながした。

「あっしと綾次で、二本差しの跡を尾けやした」

そう前置きして、利助は武士が伊勢崎町の借家に入ったことを話し、翌日、近所で聞き込み、武士が増川だと知れたことを言い添えた。

「その隠れ家に、増川ひとりで住んでいるのか」

隼人が訊いた。

「独り暮らしのようでさァ。おらくという年寄りが、下働きとして出入りしていると

聞きやした。それに、家にいることはすくないようですぜ。……すずやに泊まることがあるのかもしれねえ」

「やっと、増川の居所が知れたな」

隼人が言うと、その場に集まっていた男たちがうなずいた。

「繁吉が尾けた男は？」

隼人が繁吉に目をやった。

「やつは、二ツ目橋のたもと近くの長屋に入りやした。名は元造《もとぞう》でさァ」

二ツ目橋は、竪川にかかっている。橋のたもとが、ちょうど相生町《あいおいちょう》四丁目と五丁目の境近くである。

繁吉と浅次郎は、町人体の男が長屋に入ったのを確かめると、利助たちと同じように翌日あらためて出かけて近所で聞き込み、男は伝兵衛店《でんべえだな》という長屋に住み、元造という名であることが知れたという。

「元造は独り暮らしか」

隼人が訊いた。

「お梅《うめ》という若い女といっしょでさァ。半年ほど前に、元造が長屋に連れこんだ女のようで」

繁吉によると、まだ元造の女房なのか情婦《いろ》なのか分からないという。

「それで、元造も増川の仲間なのか」

隼人は、増川が押込みのひとりではないかとみていた。元造も押込みの仲間かもしれない。

「それが、まだはっきりしねえんで……」

繁吉は首をひねった後、

「もうすこし、探ってみやすよ」

と、言い添えた。無理もない。元造の塒をつかんだ後、相生町に出かけて聞き込みができたのは、一昨日と昨日だけだろう。

「元造をもうすこし探ってくれ。それにな、元造が出かけたら跡を尾けてみろ。やつが押込み一味なら、別の仲間と会うかもしれねえ」

隼人は、仲間の居所もつきとめたかったのだ。

「承知しやした」

繁吉が言うと、脇にいた浅次郎がうなずいた。

「旦那、あっしはどうしやす」

利助が訊いた。

「増川の身辺をもうすこし探ってみるか。押込み一味の仲間かどうか知れるかもしれねえ。……そうだ、おれも行こう」

「旦那も、伊勢崎町に」

「増川をおれの目で見てみたい。……松坂屋に押し入り、番頭と手代を斬った男かどうか確かめたいのだ」

増川なら剣の手練《てだれ》で、しかも飛燕斬り《ひえんぎ》を遣うとみていい。体付きを見れば、剣の修行を積んだ男かどうか分かるだろう。

「お供しやす」

利助が言うと、綾次が、

「あっしも、いっしょに伊勢崎町に行きやす」

と、声を上げた。

そのとき、黙って話を聞いていた八吉が、顔をきびしくして言った。

「長月の旦那、無理をなさらねえでくだせえ。やつら、町方の手が迫っているとみれば、どんな手でも使ってきやすぜ」

「油断はしねえ」

隼人は、まだ飛燕斬りを破れる自信がなかった。

翌日、隼人は利助と綾次を連れて伊勢崎にむかった。

曇天だった。空は厚い雲におおわれていて、夕暮れ時のように薄暗かった。仙台堀沿いの道は、人影がまばらだった。風呂敷を背負った行商人、ぼてふり、船頭らしい男などが足早に通り過ぎていく。

伊勢崎町に入っていっとき歩いたところで、利助が路傍に身を寄せて足をとめた。

「旦那、そこの借家でさァ」

利助が指差した。

借家ふうの仕舞屋が三棟並んでいる。

「どの家だ」

「一番むこうの家が、やつの塒でさァ」

「近付いてみるか」

隼人は通行人を装って家の前を通り、増川がいるかどうか確かめてみようと思った。

隼人は羽織袴姿で二刀を帯びてきていた。増川の目にとまっても、八丁堀とは分からないはずである。

隼人たちが借家の方へ足をむけたとき、戸口があいて人影があらわれた。

「だれか、出てきた！」

綾次が足をとめて声を上げた。

女だった。しかも、年寄りらしい。

「下働きのおらくらしい」

利助が言った。

おらくは、すこし腰がまがっていた。空模様が気になるのか、ときどき足をとめて空を見上げている。

「あっしが、話を聞いてみやしょうか」

利助が言った。

「御用聞きとは分からないようにな」

「へい」

利助はおらくに足をむけた。

隼人と綾次は、すこし間をとってゆっくりと歩いた。

5

「婆さん、ちょっと待ってくれ」

利助がおらくに声をかけた。

「あたしかい」

おらくがしゃがれ声で訊いた。足をとめ、利助を見上げて不審そうな顔をした。

「おめえ、増川の旦那の家から出てきたな」

「へえ……」

「おれは、増川の旦那に世話になったことがあってな。近くに来たので、旦那に挨拶だけでもしようと思って来てみたのよ」

「そうですか」

おらくの顔から、不審そうな表情が消えた。利助の話を信じたようだ。

「増川の旦那は、家にいるのかい」

「留守ですよ」

おらくが、増川は半刻（一時間）ほど前に家を出たと話した。

「ひとりで、出かけたのかい」

「いえ、宗七《そうしち》ってえ男《ひと》がみえてね、いっしょに出たんですよ」

「ああ、宗七か。それで、どこへ行ったんだい」

利助は、宗七を知らなかったが、知り合いのような口振りで訊いた。

「分からないよ。どこかに、飲みにでも行ったんじゃァないのかい。あたしに、今日は帰ってもいいと言ったからね」

おらくは、そこから離れたいような素振りを見せた。

「宗七だが、よく顔を見せるのかい」

かまわず、利助は訊いた。

「あまりこないよ。……もう、行くよ。あたしも、忙しいんだ」

おらくは、そう言うと、そそくさと歩きだした。

利助はおらくが離れると、隼人と綾次のそばにもどり、

「聞こえやしたか」

と、訊いた。隼人たちは、利助とあまり離れていない仙台堀の岸際に立っていた。利助はおらくとのやり取りが、隼人の耳にもとどいたのではないかと思ったのだ。

「聞こえたぞ。……増川は留守のようだな」

「へい」

「宗七という男も、増川の仲間かもしれんな」

「あっしも、そんな気がしやす」

「さて、どうするな。しばらく、増川は帰りそうもないが」

「また、すずやに出かけたのかもしれねえ」

「せっかくだ。近所で聞き込んでみるか」

隼人たちは、借家の前を通り過ぎた。話の聞けそうな店がないか、探したのである。

一町ほど歩くと、一膳めし屋があった。店先から覗《のぞ》くと、男たちが長床几《ながしょうぎ》に腰掛けてめしを食ったり、酒を飲んだりしているのが見えた。近所の住人が多いようだった。

「あのふたりに、訊いてみるか」

ちょうど、店先から男がふたり出てきた。ふたりとも、小袖を裾高に尻《しり》っ端《ぱ》折《しょ》りし、股引を穿いていた。職人ふうである。

「しばし、待て」

隼人が声をかけた。

利助と綾次は、この場は隼人にまかせるつもりで路傍に身を寄せた。

「あっしらですかい」

年配の男が、足をとめた。顔に警戒するような表情があった。

もうひとりの若い男の顔には、不安そうな色があった。武士にいきなり声をかけられたからだろう。

「ふたりは、近くに住んでいるのか」

隼人が穏やかな声で訊いた。

「へい……」

「そこの借家に、知り合いの武士が住んでいてな。近くを通りかかったので、寄ってみたのだが、出かけて留守のようなのだ」

「そうですかい」

「増川という男でな。むかし、剣術の道場で世話になったことがあるのだ」

隼人は、増川の名を出した。

「へえ……」

年配の男が、戸惑うような顔をした。どう答えていいか分からなかったのだろう。

「ふたりは増川を知っているか」

「名は知りやせんが、お侍が住んでることは知ってやした」

年配の男が言った。

「増川どのは家を出て借家暮らしをしているようだが、いったい何をして暮らしをたてているのだ。おれにも、話したことがないのだ」

隼人が急に声をひそめて訊いた。

「知りやせん」

年配の男が小声で言ったとき、脇にいた若い男が、

「噂《うわさ》ですがね。賭場の用心棒をしてたことがあるそうですぜ」

と、声をひそめて言った。

「賭場の用心棒だと」

隼人は、驚いたような顔をして見せた。

「ちかごろ、賭場には出入りしてねえようですがね」

「まァ、他人のことだ。何をして暮らそうと、おれの知ったことではないな。ところで、増川どのは、宗七という男といっしょに出かけたようだが、宗七は下男でもしているのか」

隼人は宗七の名も出してみた。

「宗七は下男じゃァねえが、増川の旦那のところに顔を出すことがあるようでさァ」

年配の男が言うと、

「ふたりでつるんで、遊んでるようですぜ」

若い男が、薄笑いを浮かべて言った。

「ふたりでな。……あまり、感心できん暮らしぶりのようだな」

それから、隼人は宗七の生業《なりわい》や塒などを訊いたが、ふたりは知らなかった。

「手間をとらせたな」

隼人はふたりに礼を言って、踵を返した。

それから、隼人たちは仙台堀の岸際に立って、話の聞けそうな者が通りかかるのを待った。もうすこし、増川と宗七のことを探ってみようと思ったのである。


隼人たちから一町ほど離れた岸際に、ふたりの男が立っていた。増川と宗七である。ふたりは、家を出た後、通り沿いのそば屋で昼食をとり、いったん家にもどろうとして近くまで来たとき、利助がおらくをつかまえて、話をしているのを目にしたのだ。

増川たちは、すぐに近くの樹陰に身を隠し、隼人や利助たちの様子をうかがっていた。そして、隼人が一膳めし屋から出てきた男や通りすがりの者をつかまえて、何か訊いているのを見ていたのだ。

「やつら、旦那のことを探っているようですぜ」

宗七が低い声で言った。

「うむ……」

増川の顔がけわしくなった。

「八丁堀ですかね」

「火盗改《かとうあらため》か、八丁堀か。……八丁堀にも、御家人ふうに身を変えて探索にあたるやつもいるからな」

「どうしやす」

「いずれにしろ、おれの隠れ家までつかんだとなると、放ってはおけないな」

「ふたりで、始末しやすか」

宗七が目をひからせて言った。

「待て……。あの武士は、遣い手だぞ」

増川は隼人の体付きや身のこなしを見て、剣の修行を積んでいると察知したのだ。

「それに、ふたりで三人を相手にすれば、ひとりは逃げられる」

「ちげえねえ」

宗七がちいさくうなずいた。宗七も、ふたりで三人を始末するのはむずかしいとみたようだ。

「笹森《ささもり》の手を借りよう。たしか、やつの塒はこの近くだったはずだ」

「笹森の旦那が、手を貸してくれやすか」

「やつは、金さえ出せば、何でもやる。笹森を連れてこい。おれが、やつに話す」

「へい」

すぐに、宗七はその場から離れた。

6

隼人たちは路傍に立って聞き込みをつづけたが、話の聞けそうな者は通りかからなかった。

「旦那、今日はこれまでにしますか」

利助が言った。利助と綾次の顔にも、疲労の色があった。

「めしでも食って帰るか」

隼人は腹もへっていた。利助たちも、空腹にちがいない。

隼人たちは、一膳めし屋に入った。そして、腹ごしらえをして店から出ると、雨が降っていた。

「旦那、雨ですぜ」

利助が上空を見上げて言った。

「濡れるようなことはあるまい。このまま帰ろう」

小雨だった。このままの降りなら、濡れるようなことはないだろう。それに、上空の雲の割れ目から青空が覗いていた。雨を降らせている雨雲が上空から去れば、晴れてくるかもしれない。

隼人たちは、仙台堀沿いの道を大川の方へむかって歩いた。これから、永代橋を渡って日本橋に出るつもりだった。今日は、このまま八丁堀に帰ろうと思った。利助たちは日本橋川にかかる江戸橋近くまで行ってから、隼人と別れて豆菊に帰ることになるだろう。

仙台堀沿いの通りは、来たときより人影がすくなかった。雨が降ってきたせいだろう。ときおり、風呂敷包みを背負った行商人や船頭ふうの男などが、足早に通り過ぎていくだけである。

隼人たちは、仙台堀にかかる上ノ橋のたもと近くまで来た。右手には大名屋敷の築《つい》地塀《じべい》がつづいていた。左手は仙台堀である。

「旦那、柳の陰にだれかいやすぜ」

利助が隼人に身を寄せて言った。

岸際の柳の樹陰に人影があった。顔は見えなかったが、武士らしい。袴姿で、二刀を帯びているのが分かった。

「つ、辻斬《つじぎ》りかもしれねえ」

綾次が声をつまらせて言った。

「辻斬りなら、捕らえてくれる」

隼人は、かまわず歩を進めた。

そのとき、背後に足音が聞こえた。走ってくるらしい。隼人たちは振り返った。

「後ろから、ふたり来やす！」

利助が声を上げた。

町人と牢人体《ろうにんてい》の男だった。牢人は、大柄だった。総髪で、黒鞘《くろざや》の大刀を一本落とし差しにしている。浅黒い顔をし、頰に刀傷があった。身辺に多くのひとを斬ってきた残忍そうな雰囲気がただよっている。

「おれたちを狙っている！」

隼人は、牢人に殺気があるのを察知した。

「旦那、前《めえ》からも！」

綾次がうわずった声を上げた。

「やつは、増川だ！」

利助が叫んだ。

「おれたちを始末する気で、待ち伏せしていたな」

隼人は足をとめ、岸際に寄れ！　と利助と綾次に声をかけた。前後から斬りかかられたら防ぎようがない。

隼人、利助、綾次の三人は、仙台堀を背にして立った。隼人の左手に利助、右手には綾次がいた。

隼人は岸から一間ほど間をとっていた。闘いのなかで、後ろへ下がることがあるとみたのである。

そこへ、左手から増川が、右手から牢人と町人が走り寄った。

隼人の前に立ったのは、増川だった。眉の濃い、眼光の鋭い剽悍《ひょうかん》そうな面構えをしている。

牢人は利助の左手に、町人は綾次の右手に――。三人で、隼人たちをとりかこむように立った。

「増川か」

隼人が誰何《すいか》した。

「なに！」

増川は驚いたような顔をした。いきなり、隼人が名を口にしたからだろう。

「松坂屋で、番頭と手代の首を斬ったのはおぬしだな」

「うぬは、火盗《かとう》改か」

増川が隼人を見すえて訊いた。身辺から殺気をはなっている。

隼人は胸の内で、やはり増川は押込み一味のひとりだ、と確信した。増川は松坂屋の番頭たちを斬ったことを否定せず、火盗改か、と訊いたからである。

「どうかな」

隼人は兼定の柄に手をかけた。ここは、増川と闘うしかないとみたのだ。

「火盗改でも八丁堀でも、かまわぬ。ここで、始末してくれるわ」

増川が、刀を抜いた。

すかさず、隼人も抜刀した。

ふたりの間合は、およそ四間――。まだ、一足一刀の斬撃の間境《まざかい》の外である。

隼人は青眼《せいがん》に構え、剣尖《けんせん》を増川の目線につけた。

対する増川は上段だった。両拳を頭上にとる高い上段である。大きな構えだった。

刀身がそのまま隼人の頭上に伸びてくるような威圧感があった。

……これが、飛燕斬りの構えか！

隼人は、野上から聞いていた飛燕斬りことを思い出した。この上段から、真っ向へ斬り込み、刀身を返しざま横に払うはずである。

隼人は切っ先を上げ、増川の左拳に剣尖をつけた。上段に対応する構えである。増川は剣尖に威圧を感じるはずだった。

　増川の顔に驚きの色が浮いた。隼人の構えに威圧を感じ、遣い手と察知したからであろう。だが、増川の顔色はすぐに平静にもどり、隼人にむけられた双眸《そうぼう》に切っ先のような鋭いひかりが宿った。身辺に闘気が漲《みなぎ》っている。

「いくぞ！」

　増川が、足裏を摺《す》るようにしてジリジリと間合を狭めてきた。

　隼人は動かなかった。気を静めて、増川との間合を読んでいた。野上が口にした、間合の読みが勝負になる、という言葉が胸をよぎったのだ。

　間合が狭まるにつれ、増川の全身に気勢が漲り、斬撃の気配が高まってきた。いまにも斬り込んできそうである。

　ふいに、増川の寄り身がとまった。まだ、斬撃の間境から一歩ほど遠かった。

　……この遠間《とおま》から、仕掛けるのか！

　隼人が思ったときだった。

　増川の全身に斬撃の気がはしった。

　イヤアッ！

　裂帛《れっぱく》の気合を発し、増川が斬り込んできた。

踏み込みざま真っ向へ——。頭上から縦に、稲妻のような閃光《せんこう》がはしった。

咄嗟に、隼人は半歩身を引いた。

増川の切っ先が刃唸《はうな》りをたてて隼人の鼻先をかすめた。

次の瞬間、増川の刀身がきらめいた。

……横にくる！

隼人は感知し、身を引きながら上体を後ろに倒した。

刹那《せつな》、増川の切っ先が横にはしった。

迅《はや》い！

縦から横への一瞬の連続技である。まさに、燕《つばめ》が飛翔しながら反転するように刀身が空をはしった
サクッ、と隼人の羽織の胸の辺りが横に裂けた。咄嗟に隼人が上体を後ろに倒したため、増川の切っ先は首ではなく胸をとらえたのだ。

隼人は、さらに後ろへ跳んだ。あらわになった隼人の胸に血の線が浮いた。だが、かすり傷だった。隼人が上体を後ろに倒したため浅手で済んだようだ。

……これが、飛燕斬りか！

恐ろしい剣だ、と隼人は思った。

「よく、かわしたな」

増川の顔に薄笑いが浮いた。

だが、目は笑っていなかった。隼人にむけられた双眸は、獲物に飛びかかる寸前の猛虎のようにひかっている。

7

「次は、しとめる！」

増川がふたたび上段に構えた。

対する隼人は青眼に構えたが、剣尖を増川の胸のあたりにつけた。刀身を水平に構えることで、間合を遠く見せようとしたのだ。

増川は上段に構えたまま、ジリジリと間合を狭め始めた。

と、隼人も動いた。すこしずつ増川との間合をつめていく。隼人が前に出たのは、踵《かかと》が仙台堀の岸際に迫っていて、後ろに下がれなったからだ。

……身を引ける場でないと、増川の斬撃をかわせない。

と、隼人はみたのである。

増川との間合が、一気に狭まってきた。間合が迫るにつれ、ふたりの全身に斬撃の気が高まってきた。

そのとき、ウワッ！ という叫び声がひびいた。綾次が斬られたらしい。その声で、一瞬、隼人の視線が綾次にむけられた。

この一瞬の隙を、増川がとらえた。

イヤアッ！

裂帛の気合を発し、増川が大きく踏み込みざま斬り込んできた。

増川の切っ先が真っ向へ——。

咄嗟に、隼人は右手に体を倒した。後ろに引く間がなかったのである。

隼人の羽織の左の肩先が、縦に裂けた。次の瞬間、隼人は右手に跳んだ。一瞬の体《たい》捌《さば》きである。

そのとき、隼人は、増川の横に払う太刀は、正面にいる敵でないとふるえない、と察知したのだ。

増川は横に払う二の太刀はふるわず、すばやい動きで隼人に体をむけた。そして、ふたたび上段に構えをとった。

「逃がさぬ！」

増川は隼人との間合を摺り足でつめてきた。

……これ以上、下がれぬ！

隼人は動けなかった。右手後方には、牢人がいた。これ以上下がると背後から牢人の斬撃をあびることになる。

隼人は追いつめられた。このままでは、利助と綾次も仕留められるだろう。

「こい！」

隼人は青眼に構え、増川に切っ先をむけた。こうなったら、斬られるのを覚悟で、増川の飛燕斬りと闘うしかなかった。

オオッ！

増川が上段に構えたまま間合をつめ始めた。

そのときだった。ふいに、何かが飛来する音がし、増川の背でドスッという音がした。増川が身を反らせ、顔をゆがめた。

礫《つぶて》だった。鶏卵ほどの石が、増川の足元に転がった。何者かが、増川の背後から礫を打ったのだ。

礫はさらに飛来した。増川の袴をかすめて地面に転がり、別の礫が牢人の尻の辺りにも当たった。

増川は慌てて後じさり、隼人との間合をとってから背後を振り返った。

大名屋敷の築地塀の陰に人影があった。濃紺の腰切半纏と同色の股引姿であることは分かったが、顔は見えなかった。何か頭巾《ずきん》のような物を被っているらしい。

「なにやつだ！」

増川が叫んだ。

返答の代わりに、さらに石礫が飛来し、増川の太腿《ふともも》の辺りに当たった。

「おのれ！」

増川は反転しようとしたが、思いとどまった。隼人に体をむけたままである。背を見せると、隼人に背後から斬られるとみたらしい。

「やろう！」

綾次の前にいた町人が踵を返して、築地塀の陰にいる者に駆け寄ろうとした。手に匕首《あいくち》を持っている。

だが、町人の足はすぐにとまった。つづいて飛来した石礫が、町人の胸の辺りに当たったのだ。町人は低い呻《うめ》き声を上げ、胸を手で押さえて後じさった。

増川は苦々しい顔をし、

「引け！　この場は引け！」

と声を上げ、反転すると、抜き身を引っ提げたまま駆けだした。

これを見た町人が、

「覚えてやがれ！　てめえたちは、生かしちゃァおかねえ」

と捨て台詞《ぜりふ》を残し、増川の後を追った。

牢人もすぐに反転し、町人の後ろにつづいた。逃げ足は速かった。三人の姿が上ノ橋の方に遠ざかっていく。

……助かった！

隼人は胸の内でつぶやき、綾次に目をやった。

綾次は立っていた。顔が恐怖で、ひき攣《つ》ったようにゆがんでいる。小袖の左袖が裂け、血の色があった。ただ、命にかかわるような傷ではないようだ。

隼人は、すぐに築地塀の陰に目をやった。だれが、隼人たちを助けてくれたのか知りたかったのだ。

すると、塀の陰から人影が通りに出てきた。

……みみずく小僧だ！

思わず、隼人は胸の内で叫んだ。

頭巾をかぶっていた。大きな丸いふたつの眼。とがった両耳――。みみずくのような顔に見えた。

みみずくを思わせる頭巾をかぶった者は、路傍に足をとめると、

「旦那、みみずく小僧は、三年前に足を洗いやしたぜ」

と、低い声で言った。

「おまえが、みみずく小僧か」

隼人が声をかけた。

みみずく小僧は、答えなかった。隼人にちいさく頭を下げると、反転して築地塀の陰に駆けもどった。つづいて塀沿いを走る黒い姿が見えたが、その姿もすぐに消えてしまった。素早い動きである。

隼人は、利助と綾次のそばに走り寄った。綾次は顔をこわばらせ、左の二の腕を右手で押さえていた。右手も血に染まっていたが、腕の出血はそれほどでもなかった。

利助も小袖の左袖が裂けていたが、血の色はなかった。

「だ、旦那、あっしらを助けてくれたのは、みみずく小僧ですぜ」

利助がうわずった声で言った。

「そのようだ。……みみずく小僧に助けられるとは思わなかったな」

「み、みみずく小僧は、どうしてあっしらを助けたんです」

綾次が震えを帯びた声で訊いた。

「野田屋と松坂屋に押し入ったのは、みみずく小僧じゃァねえと、おれたちに訴えたかったんだろうな」

みみずく小僧は、己を真似《まね》た恰好《かっこう》をして商家に押し込み、有り金を残さず奪い、平気でひとを殺す一味が許せなかったのだろう、と隼人は思った。

第四章　尾行

1

「旦那、増川は姿を消しやしたぜ」

利助が肩を落として言った。

豆菊の奥の小座敷だった。隼人、利助、綾次、繁吉、浅次郎、それに八吉の姿があった。隼人たちが伊勢崎町に出かけ、増川たちに襲われた三日後だった。昨日、利助、綾次、八吉の三人は、職人や行商人ふうに身を変え、増川の隠れ家だった借家の様子を見に行ったのである。

「そうか」

隼人はがっかりしなかった。増川の借家付近で聞き込みをした帰りに、増川たちに襲われたので、増川は隠れ家から姿を消すだろうとみていたのだ。

「これで、せっかくつかんだ手掛かりが切れちまった」

綾次が、左の二の腕を右手で押さえながら言った。

傷口に晒《さらし》が巻いてあった。すこし痛みがあるようだが、日常の動きに支障はないようだった。

「旦那、伊勢崎町からの帰りに襲った三人のなかに、牢人《ろうにん》がいたと聞きやしたが」

八吉が隼人に顔をむけて言った。

「いたよ。真っ当な男ではないな」

隼人は闘いのなかで牢人を見ただけだが、荒《すさ》んだ感じがしたのだ。

「野田屋と松坂屋に押し入った賊は四人で、武士はひとりと聞いてやすが」

さらに、八吉が訊いた。

「増川ひとりだ」

「すると、牢人は押込み一味ではないことになりやすね」

「押込み一味ではないな。おれたちを襲うために、増川たちが仲間にくわえたのかもしれない」

牢人は増川やいっしょにいた町人の遊び仲間ではないか、と隼人はみていた。

「牢人の頬に傷があったそうで」

「あっしは、頬の傷をはっきり見やした」

利助が口を挟んだ。

「どうです、旦那、その牢人を先に捕らえたら。なに、塒《ねぐら》はすぐにつきとめられやす。頬に傷のある徒牢人《いたずらろうにん》ってことで、黒江町の猪之吉に訊けば、すぐに分かりまさァ」

「そうか。猪之吉か」

隼人も猪之吉に訊《き》けば、牢人が何者なのか知れると思った。

「旦那、あっしが、明日にも出かけて猪之吉に訊いてきやすぜ。あっしなら増川たちに顔が知られてねえから、襲われることはありませんや」

「八吉に頼むか」

隼人も、八吉なら安心だった。

「あっしらは、何をやりやす」

繁吉が訊いた。

「繁吉と浅次郎は、元造だな。やつが、盗人一味かどうかはっきりさせてえ。ふたりで、しばらく元造を見張ってくれ」

「承知しやした」

「元造に気付かれないようにな。やつら、気付いたら襲ってくるぞ」

「気をつけやす」

繁吉が顔をひきしめて言った。

「なにかつかんだら、おれに知らせてくれ」

隼人が男たちに目をやって言った。

隼人たちの打ち合わせは、それで終った。

利助、綾次、八吉、繁吉、浅次郎の五人は、翌日からそれぞれの探索や張り込みの場所に散った。

真っ先に、一味の動向をつかんできたのは八吉だった。豆菊で打ち合わせた二日後、八吉がひょっこりと八丁堀の組屋敷に姿を見せた。

隼人は戸口で顔を合わせると、

「八吉、上がれ」

と言って、家に入れようとした。

「旦那、あっしは御用聞きから足を洗った身でさァ。庭にまわらせて、いただきやすよ」

八吉は照れたような顔をして言い、すぐに庭にまわった。

隼人も縁側にまわり、ふたりで縁先に腰を下ろした。七ツ（午後四時）過ぎである。

今日は、早めに奉行所から組屋敷に帰っていたのだ。

奥の座敷で、おたえと隼人の母親のおつたの声がした。おつたは歳《とし》をとったこともあり、ちかごろ臥《ふせ》っていることが多かった。菊太郎の声はしなかった。眠っているのだろう。

「何か知れたか」

隼人が訊いた。

「へい、猪之吉が頬に傷のある牢人のことを知ってやした」

「知れたか」

「名は、笹森孫十郎《まごじゅうろう》。八幡宮界隈《かいわい》で、遊び歩いている牢人だそうで」

八幡宮は、深川にある富ケ岡八幡宮のことである。

「笹森の塒も分かったのか」

「猪之吉によると、笹森は山本町辺りの長屋に住んでるんじゃァねえかと言ってやした。……二、三日あれば、塒はつかめやすよ」

八吉は、明日にも利助と綾次を連れて山本町に行くつもりだと話した。

「そうしてくれ。……笹森だがな、何をして口を糊《のり》しているのだ」

隼人は、何かして暮らしの糧《かて》を得なければ、生きていけないだろうと思った。

「笹森は腕がたつ上に、そうとうの悪《わる》のようでさァ。猪之吉の話じゃァ、笹森は賭場の用心棒をやったり、商家に因縁をつけて金を脅しとったり……。金尽《かねずく》で殺しもやるとのことでしたぜ」

「笹森をたたけば、押込み一味のことも知れるな」

隼人は、笹森を捕らえようと思った。

「笹森が増川とつながっているのはまちげえねえ」

「八吉、明日はおれも行こう」

隼人が声をあらためて言った。

「旦那も、深川に」

「そうだ。今度は、増川たちに知られないように身を変えていく」

隼人が、明日、永代橋を渡った先で、四ツ（午前十時）ごろ待ち合わせることを言い添えた。

八丁堀から豆菊に立ち寄って深川へ行くと、かなり遠まわりになるのだ。

2

翌朝、隼人は髪結いの登太に頼み、髷《まげ》を八丁堀ふうの小《こ》銀杏《いちょう》髷でなく、御家人ふうに結い直してもらった。

羽織袴《はおりはかま》姿で二刀を帯び、念のために網代笠《あじろがさ》をかぶった。隼人と知れないように身を変えたのである。

永代橋を渡ると、橋のたもとの岸際で八吉、利助、綾次の三人が待っていた。八吉たちも、岡っ引きと知れないように手ぬぐいで頰っかむりしたり、笠をかぶったりしていた。

「出かけようか」

すぐに、隼人たちは大川沿いの道を川下にむかった。

相川町に入ってしばらく歩いてから、隼人たちは左手の表通りに入った。その通りは、富ケ岡八幡宮の門前通りにつづいている。

黒江町を過ぎ、八幡宮の一ノ鳥居をくぐったところで、

「どの辺りで、聞き込んでみるか」

隼人が、八吉に訊いた。

八吉の話では、笹森は永代寺門前山本町辺りの長屋に住んでいるらしいとのことだった。この先の左手にひろがっている町並が、山本町である。

「山本町に入ってから聞いてみやしょう」

「そうだな」

隼人たちは、門前通りを東にむかって歩き、山本町に入った。通りの左手が山本町で、右手は永代寺門前仲町だった。

その辺りは、富ケ岡八幡宮の門前に近いこともあって、通り沿いには料理屋、料理茶屋、土産店、そば屋などが目についた。人通りも多く、参詣客や遊山客など絶え間なく行き交っている。

「通り沿いに、長屋はないな」

「路地に入ってみやすか」

八吉が言うと、

「そこの料理屋の脇に、路地がありやすぜ」

利助が指差した。

料理屋とそば屋の間に細い路地があった。小店《こだな》や仕舞屋《しもたや》などが、ごてごてとつづいている。長屋もありそうだった。

「入ってみよう」

隼人たちは路地に入った。

路地は結構人通りがあった。土地の者が多いようだった。職人ふうの男、長屋の女房、子供、ぼてふりなどが行き交っている。

「どうだ、ここで分かれるか」

隼人が言った。四人で固まって聞き込んでも埒《らち》が明かない。

「そこに、空き地がありやす。一刻（二時間）ほどしたら、そこにもどることにしやしょう」

八吉が、男たちに目をやって言った。

八百屋の脇に、狭い空き地があった。雑草でおおわれている。隼人たち四人は、その場で分かれた。

……さて、どこで訊いてみるかな。

隼人は、路地に目をやった。八百屋、魚屋、煮染屋《にしめや》、傘屋など、土地の住人相手の小体《こてい》な店が多かった。行き交うひとも、町人が多いようだ。

隼人は店の者より、土地の遊び人や地まわりなどに訊いた方が、笹本のことを知っているのではないかとみた。

隼人は路地を歩きながら、遊び人や地まわりふうの男を探した。なかなか話の聞けそうな男は通りかからなかった。

それでも、しばらく歩くと、遊び人ふうの男が目にとまった。弁慶格子の小袖を裾高に尻《しり》っ端《ぱし》折《よ》りし、両脛《りょうすね》をあらわにしていた。雪駄履きで、肩を左右に振るようにして歩いてくる。

隼人は男が近付くと、

「しばし、待て」

と、声をかけた。

「あっしですかい」

男は警戒するような目で隼人を見た。三十がらみであろうか。顔の浅黒い、痩せた男である。

「土地の者か」

「そうでさァ」

男は懐に手をつっ込んだ。匕首《あいくち》でも呑《の》んでいるのかもしれない。

「聞きたいことがあってな。手間はとらせぬ」

隼人は穏やかな声で言うと、財布を取り出し、一朱銀をつまみ出した。八丁堀ふうの恰好《かっこう》をしてくれば鼻薬など使わないが、御家人ふうの恰好では、隼人の問いにまともに答えないとみたのである。

「ヘッヘヘ……。すまねえ」

途端に、男は相好をくずし、腰を低くした。

「実は、おれの知り合いの男が、八幡宮に参詣に来た帰りにな、牢人者に因縁をつけられ、金を脅しとられたのだ。……放っておいてもいいのだが、この近くに用があって来たので、そいつの居所だけでも知りたいと思って訊くのだ」

「名が分かってるんですかい」

男が訊いた。

「笹森孫十郎だ」

「笹森なら知ってやすぜ」

男の薄笑いが、拭い取ったように消えた。

「知っているのか」

「ここらで幅を利かせるやつで、人斬り孫十と呼ぶ者もいるんでさァ」

「人斬り孫十か」

「金になれば、人殺しでもなんでもやるんで」

男が怖気《おぞけ》をふるうように身震いして見せた。

「それで、笹森の塒を知っているか」

隼人が知りたいのは、笹森の塒である。

「行ったことはねえが、八幡様近くの長屋と聞きやしたぜ」

「山本町か」

「へい」

「店《たな》の名は分かるか」

「仁蔵店《にぞうだな》と聞きやした」

「そうか」

隼人は、それだけ分かれば、笹森の塒はつかめるだろうと思った。

「旦那、笹森とやる気ですかい。悪いことは言わねえ、やめた方がいい。命がいくつあっても足りませんぜ」

男が首をすくめて言った。

「手は出さんよ。おれも命は惜しいからな」

それから、隼人は増川と宗七のことも訊いてみたが、男は知らなかった。

隼人は男と別れた後、通りかかった男や話の聞けそうな店に立ち寄って、増川と宗七のことを訊いたが、これといった収穫はなかった。

3

隼人が八百屋の脇の空き地にもどると、八吉たち三人が待っていた。

「まず、おれから話そう」

そう言って、隼人は遊び人ふうの男から聞いたことを話してから、

「他に何か知れたか」

と、八吉たちに目をやって訊いた。

「笹森ですがね、仁蔵店に情婦《おんな》を連れ込んでいっしょに暮らしているそうでさァ」

利助が言い添えた。利助も、仁蔵店のことを聞き出したらしい。

利助につづいて綾次が、

「あっしは、通りすがりの男から、笹森が二本差しといっしょに歩いているのを見た、と聞きやした。その二本差しの名は分からねえが、増川とみやした」

と、声高《こわだか》に言った。

隼人は黙って立っている八吉に目をやり、

「どうだ、何か知れたか」

と、訊いた。

「あっしは、てえしたことは聞き出せなかったんで……」

八吉が照れたような顔をして言った。

「あっしが訊いた男は、宗七を知ってやしてね。宗七が笹森と賭場に入ったのを見た

ことがあると言ってやしたぜ」

「宗七の塒が、知れたのか」

隼人が身を乗り出して訊いた。

「それが、塒は分からねえんで……」

八吉によると、宗七のことをしゃべった男も、宗七の塒は知らなかったという。

「いずれ、宗七の塒も分かるだろうよ。……これで、だいぶ様子が知れてきたな。ともかく、仁蔵店に行って笹森がいるかどうか確かめよう」

隼人が八吉たちに言った。

隼人たち四人は、いったん表通りに出てから富ケ岡八幡宮の門前の方に足をむけた。そして、山本町のはずれ近くまで来ると足をとめ、通りかかった土地の住人らしい年配の男に仁蔵店はどこか訊いた。

「仁蔵店なら、そこの小間物屋の脇を入った先ですぜ」

男は通り沿いの小間物屋を指差して言った。

隼人たちは小間物屋の脇の路地に入り、通りかかった長屋の女房らしい女に訊くと、仁蔵店は一町ほど行った右手にあるという。

路地の先に行ってみると、すぐに分かった。八百屋の脇に、長屋につづく路地木戸があった。念のため、隼人が八百屋の店先にいた親爺《おやじ》に訊くと、仁蔵店とのことだった。

「長屋に、笹森孫十郎という牢人が住んでいないか」

隼人が訊いた。

「いやすよ」

親爺は、顔をしかめた。笹森のことをよく思っていないらしい。

「若い情婦《おんな》といっしょに住んでまさァ。騙《だま》して連れ込んだ女にちげえねえ」

親爺が揶揄《やゆ》するように言った。

「独り暮らしか」

「手間をとらせたな」

隼人たちは、すぐに八百屋の前から離れた。路地木戸のすぐ近くなので、笹森の目にとまる恐れがあったのだ。

隼人たちは、路地木戸から半町ほど離れた椿《つばき》の樹陰に身を隠した。路地沿いに、椿が枝葉を茂らせていたのだ。

「笹森が長屋にいるかどうか確かめたい」

隼人は、笹森が長屋にいるようなら、今日は無理だが、明日出直して捕らえてもいいと思った。

「あっしが、ちょいと聞き込んできやすよ」

そう言って、利助がその場を離れた。

隼人たち三人は、椿の樹陰で利助がもどるのを待った。利助は小半刻（三十分）ほどしてもどってきた。

「申しわけねえ。遅れちまった」

利助がすまなそうな顔をして話した。利助は長屋の女房に笹森の家を聞き、家の近くまで行って様子を窺《うかが》っていたという。

「それで、笹森はいたのか」

隼人が訊いた。

「いやした。お静《しず》ってえ女といっしょでさァ」

利助は笹森の家の脇まで行って、耳をたてていたという。すると、笹森の旦那、という女の声が聞こえたそうだ。

「それに、笹森が、お静と女の名を呼んだんでさァ。……ふたりで、一杯やってたようですぜ」

「まちがいない」

隼人は、笹森の鞘をつかんだと思った。

「どうしやす」

八吉が訊いた。

「早い方がいい。明日にも、笹森を捕らえる」

隼人は、笹森を殺さず、生きたまま捕らえたかった。増川たちのことを聞き出すためである。

「ともかく、今日はこれまでだな」

隼人は八吉たちと路地を引き返した。

富ケ岡八幡宮の門前通りを大川の方にむかって歩きながら、

「天野の手も借りるつもりだ」

隼人が八吉たちに話した。

笹森は刀を抜いて抵抗するだろう。それに、笹森は遣い手で、何人も斬っているようだ。隼人と八吉たちだけでは、取り逃がす恐れがあった。それに、下手をすると、だれか犠牲になるかもしれない。

「おれが天野に話し、捕方を集める。利助たちは繁吉にも話し、捕方が着くまで仁蔵店を見張ってくれ」

「承知しやした」

利助が顔をひきしめてうなずいた。

4

南茅場町《みなみかやばちょう》にある大番屋の前に、天野が十人ほどの捕方を連れてきた。捕方といっても、天野の息のかかった岡っ引きや下っ引き、それに小者の与之助などである。

隼人に仕えている庄助《しょうすけ》と岡っ引きの繁吉の姿もあった。繁吉は八丁堀の組屋敷に、笹森が仁蔵店にいることを知らせに来たのだ。いまは、利助、綾次、浅次郎の三人で、仁蔵店を見張っているという。

「出かけるか」

隼人が上空に目をやって言った。

陽は西の空にかたむいていた。八ツ半（午後三時）を過ぎているかもしれない。

天野は無言でうなずき、集まっている捕方たちに、

「出かけるぞ」

と、声をかけた。

天野が先にたち、捕方たちはふたり三人と、すこし離れてつづいた。隼人は天野た

ち一行からすこし離れて歩いた。隼人の指示だった。隼人は、笹森を博奕《ばくち》の科《とが》で捕らえるつもりだった。

増川たち押込み一味は、隼人が笹森を押込みの仲間として捕らえたとみれば、それぞれの隠れ家から姿を消すだろう。それで、天野に捕方を指図してもらい、博奕の科で笹森を捕らえることにしたのだ。

隼人も天野も、捕物出役装束ではなかった。市中巡視のおりと同じように小袖を着流し、巻羽織という恰好《かっこう》だった。

捕方たちも、捕物装束ではなかった。市中巡視のおりに、同心に従う恰好である。人数も捕物としてはすくなかった。

こうした捕物は、通常奉行に上申して与力の出役を仰ぐが、そんなことをしていたら、増川たち押込み一味に気付かれてしまう。それで、隼人たちは市中巡視のおりに、笹森の姿を目にし、緊急に捕らえたことにするつもりだった。

隼人たちは、大川にかかる永代橋を渡って深川佐賀町に出た。そして、富ケ岡八幡宮の門前通りを東にむかった。

隼人はここまでくれば、事前に増川たちに知れることもないだろうと思い、天野と並んで歩いた。

陽は、西の空に沈みかけていた。夕陽が門前通りを淡い蜜柑色《みかんいろ》に染めている。その夕陽のなかを、参詣客や遊山客が行き交っていた。

隼人たちが一ノ鳥居の近くまで行くと、浅次郎が鳥居の脇で待っていた。

「どうだ、笹森はいるか」

隼人が訊いた。

「いやす。お静もいっしょでさァ」

「利助たちは？」

「笹森を見張っていやす」

「浅次郎、先にたって長屋の近くまで案内してくれ」

「承知しやした」

浅次郎はすぐに先に出て、八幡宮の方へむかった。

浅次郎に先導された一行は、仁蔵店のある路地に入り、路傍の椿の陰に身を寄せた。以前、隼人たちが身を隠して仁蔵店の様子をうかがった樹陰である。

「利助たちは、どこにいる」

隼人が、浅次郎に訊いた。

「八百屋の脇でさァ」

浅次郎が指差した。仁蔵店の路地木戸近くにある八百屋だった。その陰に、利助と綾次がいるらしい。

「ひとり、呼んできてくれ」

隼人は、利助か綾次に浅次郎が離れた後の様子を訊いてみよう思ったのだ。

浅次郎は、すぐにその場を離れ、利助を連れてもどってきた。

「変わりないな」

隼人が念を押すように訊いた。

「へい、笹森はお静を相手に酒を飲んでいやす」

利助によると、小半刻（三十分）ほど前、笹森の家の戸口の脇まで行って、なかの様子をうかがったという。

「天野、そろそろだな」

隼人が天野に目をやって言った。

陽は家並のむこうに沈んでいたが、まだ辺りは明るかった。長屋に踏み込んで、笹森を捕らえるにはいい頃合である。

「行くぞ」

天野が捕方たちに声をかけた。

利助が先導し、隼人と天野の後ろに捕方たちがつづいた。路地木戸のところで、綾次が利助と並んで先にたった。

路地木戸をくぐった先に井戸があった、井戸端にいた女房らしい女が、いきなり入ってきた捕方たちを見て息を呑んだ。凍りついたようにつっ立って、捕方たちを見つめている。隼人たちは、かまわず笹森の家のある棟にむかった。

隼人たちは、棟の角まで来て足をとめた。

「手前から三つ目が、やつの家でさァ」

利助が声をひそめて言った。

隼人たちのいる脇の家から、物音と話し声が聞こえた。亭主と女房が何か言い争っている。向かいの棟からも、子供の笑い声と叱りつけるような女の声が聞こえた。長屋の住人の多くは、夕めし前なので家にいるらしい。

「天野、頼むぞ」

隼人が声をかけた。

天野は無言でうなずき、捕方たちに「つづけ！」と声をかけた。天野と隼人が先にたち、捕方たちがつづいた。

隼人たちは足音を忍ばせて、笹森の家の腰高障子に身を寄せた。家のなかから、男女の話し声が聞こえた。笹森とお静らしい。

「踏み込みます」

天野が声を殺して言い、腰高障子をあけた。

すぐに、天野と隼人が踏み込み、四、五人の捕方がつづいた。他の捕方や利助たちは戸口のまわりをかためている。

「な、なんだ！」

笹森が声を上げ、いきなり踏み込んできた隼人たちを目にして、

「捕方か！」

と、目を剝《む》いて叫んだ。

頰にある刀傷が、酒気を帯びた顔に赭黒《あかぐろ》く浮き上がっている。

笹森とお静の前に箱膳が置いてあり、銚子が載っていた。ふたりで、酒を飲んでいたらしい。

「笹森、博奕の科だ！」

天野が大声で叫んだ。隣近所にも聞こえるように、わざと大声を出したのだ。

「ば、博奕だと！」

笹森がひき攣ったような声で叫び、座敷の隅に置いてあった大刀を手にした。

「神妙に縛につけい！」

天野が十手をむけた。

「お、おのれ〜！」

笹森が、いきなり刀を抜きはなった。

お静は笹森が抜刀したのを見ると、いざるように部屋の隅に逃げ、蒼《あお》ざめた顔で隼人たちを見た。

「女、笹森は博奕の科で捕らえる。おとなしくしないと、おまえも、お縄にするぞ」

天野がお静を睨《にら》みつけて言った。

隼人たちは、初めからお静を捕らえるつもりはなかった。後日、増川たちが様子を聞きにきたとき、お静の口から、笹森は博奕の科で捕らえられたと話をさせるためである。

お静は身を顫《ふる》わせて、部屋の隅にへたり込んでいる。

5

「笹森、ここでやるか」

隼人が笹森の前に立って言った。

隼人は狭い座敷のなかで刀を手にした笹森を捕らえようとすれば、捕方から大勢の犠牲者が出るとみた。

「それとも、表でおれと勝負するか」

隼人は、笹森を外に連れ出し、峰打ちで仕留めようと思った。

笹森は逡巡《しゆんじゆん》するような顔で、座敷に目をやったが、

「よかろう。たたっ斬ってやる！」

と声を上げ、手にした大刀を抜きはなった。

「天野、捕方を連れて外に出ろ」

隼人が指示した。

「承知！」

天野は土間にいた捕方たちに、外へ出るよう指示した。

隼人はひとりになると、笹森に体をむけたまま敷居をまたいで外に出た。長屋の棟の間は狭かったが、隼人と笹森で立ち合うだけの場はあった。

隼人は抜刀すると、刀身を峰に返して笹森と対峙《たいじ》した。ふたりの間合は二間半ほどだった。真剣での立ち合い間合としては近かった。長屋の棟の間のため、間合をひろくとれないのだ。

天野や捕方たちは手に手に十手を持ち、隼人と笹森を取り巻くように立っている。長屋のあちこちの腰高障子があき、人影が見えた。首だけ突き出すようにして、捕物の様子を見ている。怖くて外に出られないようだ。

隼人は青眼《せいがん》に構えた。対する笹森は、八相《はっそう》にとった。ふたりの刀身が、薄闇のなかで白銀色《しろがねいろ》に浮き上がったように見えている。

ふたりは対峙したまま、すぐに動かなかったが、

「いくぞ！」

と隼人が声をかけ、間合をつめ始めた。

すると、笹森も動いた。足裏を摺《す》るようにして、間合をつめてきた。ふたりの刀身が、薄闇のなかを近付いてくる。獲物に迫る銀蛇のようである。

隼人たちのいる付近だけが、妙に静かだった。天野や捕方たちは息をつめて、隼人と笹森を見つめている。

ふいに、ふたりの寄り身がとまった。一足一刀の斬撃の間境《まざかい》の一歩手前である。ふたりは全身に気勢を込め、斬撃の気配を見せた。ふたりは気で攻め、敵の構えをくずしてから斬り込もうとしているのだ。

数瞬が過ぎた。ふいに、笹森が、

イヤアッ！

と裂帛《れっぱく》の気合を発し、ビクッと柄を握った両拳を動かした。斬り込む、と見せて、隼人の構えをくずそうとしたのだ。

だが、気合と動きで、笹森の気が乱れた。

この一瞬の隙を、隼人がとらえ、
タアッ！

と鋭い気合を発して斬り込んだ。

青眼から真っ向へ――。

咄嗟《とっさ》に、笹森も八相から袈裟《けさ》へ斬り下ろした。

真っ向と袈裟――。ふたりの刀身が合致し、青火が散った。

次の瞬間、笹森の腰がくずれてよろめいた。笹森の斬撃がわずかに遅れたため、隼人の強い斬撃に押され、腰がくずれたのである。

すかさず、隼人が刀身を横に払った。

真っ向から胴へ。一瞬の連続技だった。

ドスッ、という皮肉を打つにぶい音がした。隼人の峰打ちが、笹森の脇腹をとらえたのだ。

笹森は刀を取り落とし、その場にうずくまった。苦しげな呻《うめ》き声を上げて、手で腹を押さえている。肋骨《ろっこつ》でも、折れたのかもしれない。

「縄をかけろ！」

隼人が捕方に声をかけた。

すると、近くにいた三人の捕方が笹森のそばに走り寄り、笹森の両腕を後ろにとって早縄をかけた。

天野が隼人のそばに来て、

「長月さん、おみごと！」

と、興奮した声で言った。

「なに、笹森が酔っていたからだ。……ともかく、笹森を大番屋に連れていこう」

辺りは濃い夕闇につつまれていた。長屋のあちこちの家の戸口から灯が洩《も》れ、黒い人影が見えた。戸口に出て、捕物の様子を見ているらしい。

「笹森は、博奕の科で捕らえた。ひったてろ！」

天野が戸口にいる長屋の者にも聞こえる声で言った。

その日、隼人たちが笹森を南茅場町の大番屋に連れていったのは、だいぶ夜が更けてからだった。吟味は明日からということにして、笹森は仮牢に入れた。

大番屋は、調べ番屋とも呼ばれ、捕らえた下手人を入れておく仮牢があったのだ。通常こうした大番屋で下手人を吟味し、町奉行の入牢証文がとれてから、小伝馬町《こでんまちよう》の牢屋敷に送ったのである。

翌日、四ツ（午前十時）ごろ、隼人は笹森を大番屋の吟味の場に引き出した。天野も今日だけ、隼人の吟味にくわわることになった。

通常、捕らえた下手人の吟味は、吟味方与力がおこなう。定廻《じようまわ》りや隠密廻《おんみつまわ》りの同心が吟味することはない。

隼人は吟味でなく、笹森から増川や宗七など押込み一味の隠れ家を聞き出すための訊問《じんもん》をするつもりだった。

そのため、隼人は吟味の場に笹森を引き出したが、責め役の小者《こもの》や牢番もそばにおかなかった。隼人は牢番に命じて、仮牢にいる笹森を吟味の場に連れてこさせた後、牢番はその場から牢番部屋へもどしたのである。

笹森は後ろ手に縛られたまま土間に敷かれた筵《むしろ》の上に座らされていた。顔が苦痛にゆがみ、体が顫えていた。まだ、脇腹が痛むらしい。

6

隼人は一段高い吟味の場には座らず、笹森の前に立って、

「笹森、顔を上げろ」

と声をかけた。

天野も隼人の脇に立っている。

「お、おれを、博奕の科で捕らえたのか」

笹森が隼人を見上げ、声を震わせて訊いた。顔に憤怒《ふんぬ》と戸惑いの色がある。

「ちがう。押込み一味の件だ」

隼人が笹森を見すえて言った。

「お、おれは、押込みなど、何のかかわりもないぞ」

笹森が語気を荒らげた。

「では、大川端でおれたちを襲ったのは、どういうわけだ」

「そ、それは……」

笹森は言葉につまった。

「おぬしは、八丁堀同心を襲って殺そうとしたのだぞ。それだけでも、盗人と変わら

ぬ重い罪がある」

「…………！」

笹森は顔をしかめて視線を膝先に落とした。

「押込み一味であることを、隠すためではないのか」

「ち、ちがう！」

笹森が顔を上げた。

「では、どういうわけで、おれたちの命を狙ったのだ」

隼人は畳み掛けるように訊いた。

「ま、増川たちに、頼まれたのだ」

「その増川といっしょにいた町人だが、なんという名だ」

「…………」

笹森は、口をひらかなかった。

「宗七ではないか」

隼人は宗七の名を出した。

「そうだ……」

笹森がつぶやくような声で答えた。それほど、増川たちのことを隠す気はないようだ。

「なぜ、増川や宗七にくわわっておれたちを襲ったのだ」

　隼人があらためて訊いた。

「か、金だ」

「いくら、もらった」

「五両だ」

　笹森が顔をしかめて言った。

「おれの首は、たったの五両か」

「……」

　笹森は、また視線を膝先に落とした。

「ところで、増川や宗七とどこで知り合ったのだ」

　笹森は何か言いかけたが、言葉を呑み、

「の、飲み屋だ」

　と声をつまらせて言った。

　おそらく、賭場と言おうとして思いとどまったのだろう。隼人は八吉から、宗七と笹森が賭場に出入りしていたことを聞いていたのだ。

「どこで知り合ってもかまわないがな。おれが知りたいのは、増川と宗七の塒だ。笹森、知っているな」

隼人が語気を強くして訊いた。

「増川の塒は、伊勢崎町の借家だ」

笹森が答えた。

「その借家を出た後、増川はどこに身を隠した」

「増川は、伊勢崎町の借家にいないのか」

笹森が隼人に訊いた。

どうやら、笹森は増川が借家を出たことを知らないようだ。増川は笹森にも話さなかったらしい。

「宗七の塒も、知っているな」

隼人は、宗七に矛先をむけた。

「…………」

笹森は無言でうなずいた。

「どこだ」

「おれは行ったことはないが、入船町の長屋だと聞いている」

深川入船町は、富ケ岡八幡宮の門前を通り越し、さらに東にむかった先にある。

「店の名は？」

「嘉蔵店《よしぞうだな》だと聞いている」

「嘉蔵店だな」

それだけ分かれば、つきとめられる、と隼人は踏んだ。

「ところで、おぬしは、増川や宗七が何をしていたか知っているな」

「…………」

笹森の視線が戸惑うように揺れた。

「盗人だ。増川たちは、世間を騒がせたみみずく小僧の手口を真似《まね》、何千両もの金を奪い、奉公人を殺したのだ」

隼人の口吻《こうふん》に怒りのひびきがくわわった。

「おれは、押込み一味ではない」

笹森が言った。

「分かっている。押込み一味は四人、そのうち武士はひとりだ。……増川だよ。もっとも、おぬしが町人に化けていれば、別だがな」

「町人などに化けるか」

笹森の声が大きくなった。

「ならば、一味は増川、宗七、元造、残るひとりも町人ということになるが、おぬし、知っているか」

まだ、元造が押込み一味かどうか、はっきりしないが、隼人は元造も一味のひとりとみていたのである。

「知らぬ」

「残るひとりは、増川や宗七の仲間なのだ。おぬしは、いっしょに深川界隈で遊んだこともあるはずだがな」

「押込みかどうか、おれは知らないが、以前、宗七とつるんで賭場に出入りしていた政五郎《まさごろう》という男がいる。……ちかごろは、会っていないようだがな」

笹森は、隠す気がなくなったようだ。もっとも、自分のことではなく、増川たち盗賊一味のことだからであろう。

「政五郎の生業《なりわい》は」

隼人は、政五郎が押込み一味の残るひとりかもしれないと思った。

「聞いたことがないな。……だが、金回りはいいようだ」

「政五郎の塒はどこだ」

「埒も知らん。宗七なら、知っているはずだ」

「宗七か」

隼人は、宗七を捕らえて吐かせれば、政五郎が押込み一味かどうかはっきりするだろうとみた。

隼人が口をとじると、脇で聞いていた天野が、

「増川は賭場の用心棒をしていたことがあると聞いたが、おぬしは、賭場で増川や宗七と知り合ったのではないのか」

と、訊いた。

「……」

笹森は口許《くちもと》に薄笑いを浮かべただけで黙っていた。否定しなかったところをみると、賭場で知り合ったのだろう。

「その賭場は、どこにある」

さらに、天野が訊いた。

「おれは知らぬ」

そう言って、笹森は天野から視線をそらせた。

「いずれ、分かる」

天野は深追いしなかった。いまは賭場のことより、押込み一味の捕縛に全力をあげようとしているからだ。

次に口をひらく者がなく、その場が静寂につつまれたとき、

「おれをどうする気だ」

と、笹森が訊いた。

「どうなるかな。……これからの吟味次第だな」

隼人が言った。いずれ、吟味方与力が笹森の吟味をするだろうが、これまでの笹森の悪事を暴けば、博奕の科だけではすまず、重罪に処せられるかもしれない。

7

翌日、隼人は陽がだいぶ高くなってから、小者の庄助を連れて八丁堀の組屋敷を出た。入船町に行くつもりだった。

大川にかかる永代橋を渡ると、橋のたもとで利助と綾次が待っていた。昨日、隼人は庄助を豆菊まで使いにやり、利助たちに四ツ（午前十時）ごろ、永代橋のたもとで待っているように伝えたのだ。

利助と綾次は、隼人の顔を見ると、駆け寄ってきて、

「旦那、今日はどこへ行きやす」

と、訊いた。利助たちには、永代橋のたもとで待つように知らせただけで、用件を伝えてなかったのだ。

「入船町だ」

「入船町に、何かあるんですかい」

利助が訊いた。利助は、宗七の塒が入船町にあることを知らないのだ。

「宗七の塒がある」

隼人は歩きながら、昨日、笹森を訊問して分かったことを話した。

「嘉蔵店ですかい」

「そうだ」

「長屋の名まで分かってるなら、すぐつきとめられやすぜ」

利助が勇んで言った。

隼人たちは大川沿いの道から富ケ岡八幡宮の門前通りに出ると、東に足をむけた。入船町は、門前通りの先にある。

隼人たちは賑やかな富ケ岡八幡宮の門前を通り過ぎ、掘割にかかる汐見橋《しおみばし》のたもとに出た。その辺りから入船町である。

潮風のなかに、木の匂いがした。この辺りから木場として知られる地で、汐見橋の右手にはひろい貯木場があった。また、貯木場の先には洲崎《すざき》の海岸があり、青い海原がひろがっていた。

隼人たちは、汐見橋のたもとで足をとめた。

「ここで、二手に分かれよう」

隼人は、別々に聞き込んだ方が埒が明くとみた。

一刻（二時間）ほどしたら、橋のたもとにもどることにし、四人はその場で分かれた。

隼人は庄助を連れて、汐見橋を渡った。入船町は橋を渡った先の通り沿いにもひろがっている。

利助と綾次は橋を渡らず、通りの右手の路地に足をむけた。通りの右手にひろがっている地域も入船町である。

隼人は庄助とふたりで通り沿いにあった舂米屋《つきごめや》に立ち寄り、この辺りに嘉蔵店と呼ばれる長屋はないか、訊いてみた。

唐臼《からうす》を踏んでいた親爺は表に出てきて、

「この先に、長屋があると聞いてやすが、嘉蔵店かどうか分からねえ」

と、体に付いた小糠《こぬか》をたたきながら言った。

「この先というと」

隼人は、ともかく行ってみようと思った。

「弁天さまの方に、四町ほど歩きやすと、そば屋がありやす。たしか、長屋があるのは、そば屋の脇を入った先だったような気がしやす」

親爺は首をひねった。はっきり覚えてないらしい。

弁天さまとは、洲崎弁天のことである。洲崎は景観のいいこともあって、洲崎弁天は多くの参詣客を集めていた。境内に、色町があることでも知られている。

隼人は親爺に礼を言って、店先を離れた。

隼人と庄助は通りを洲崎弁天の方にむかって歩いた。

四町ほど歩いたところで、

「旦那、あそこにそば屋がありやすぜ」

庄助が指差した。

見ると、通り沿いにそば屋があった。二階建ての大きな店である。洲崎弁天へ来た参詣客や遊山客などが立ち寄る店かもしれない。そば屋の脇に細い路地があった。

「行ってみるか」

隼人たちは、路地に入った。

路地沿いに、小店や仕舞屋などがごてごてとつづいていた。ぽつぽつと人影があった。土地の者が多いようだ。

「だれかに訊いた方が早いな」

隼人は、路傍に立って話の聞けそうな者が通りかかるのを待った。

「あのふたりがいい」

長屋の女房らしい女がふたり、何やら話しながらこちらに歩いてくる。

「あっしが、訊きやしょう」

そう言い残し、庄助がふたりの女に近付いた。

庄助はふたりの女と何やら話していたが、すぐにもどってきた。

「旦那、知れやしたぜ。嘉蔵店は、この先にあるそうで」

庄助が勢い込んで言った。

「行ってみよう」

隼人たちは、路地をさらに歩いた。一町ほど歩くと、小体な八百屋の脇に路地木戸があった。木戸の先に、古い棟割り長屋が三棟見えた。

隼人は八百屋に立ち寄り、店の親爺に、

「つかぬことを訊くが、そこの長屋は嘉蔵店か」

と確かめてみた。

「そうで……」

親爺は怪訝《けげん》な顔をして隼人を見た。見掛けない武士が、いきなり長屋のことなど訊いたからだろう。

隼人は御家人ふうの恰好をしてきたので、親爺は隼人を八丁堀同心とは思わなかったのだろう。

「実は、わしが仕えている屋敷に奉公している女中が、男に騙されたのだ」

隼人が急に声を落として言った。宗七を探るために、作り話を口にしたのだ。

「そうですかい」

親爺は小声で言った。目に好奇の色がある。

「騙した男が、嘉蔵店に住む男らしいのだ」

「なんてえ名です」

親爺は、隼人に身を寄せてきた。

「宗七だ」

「やつか。太《ふて》え野郎だ」

親爺の顔に怒りの色が浮いた。どうやら、宗七を知っているようだ。

「宗七は、長屋に女を引き込んでいるのではないか」

さらに、隼人が訊いた。

「いまは、独り暮らしのようだが、半年ほど前までは、騙して連れ込んだ女といっしょに暮らしてやした。……でも、その女は料理屋で女中をしてたと聞いたな」

親爺は、首をひねった。武家屋敷に奉公していた女中ではなかったからだろう。

「おれの探している女ではないようだ。……それで、宗七の生業は何だ」

隼人は、宗七が押込み一味であることを確かめようと思った。

「やつは、仕事などやっちゃァいねえ。……何をしてるのか、毎日、ぶらぶら遊んでまさァ」

親爺によると、遊んでいるわりに宗七は金回りがよく、八幡宮界隈や洲崎弁天の境内にある岡場所にも出入りしているという。

宗七は押込み一味にまちがいない、と隼人は確信した。

「宗七のところに、うろんな武士が訪ねてこなかったか」

隼人は、増川が宗七のところに出入りしているとみたのである。

「来やしたぜ。ちかごろ、宗七が二本差しと歩いているのを何度も見やした」

「その武士の顔を見たか」

「見やした。店の前《めえ》を宗七と歩いてやしたから」

「眉の濃い武士ではないか」

「そうでさァ」

「やはりそうか」

増川は、宗七のところに出入りしているようである。伊勢崎町の借家を出た後、増川はこの近くに塒を変えたのかもしれない。

それから、隼人は宗七の他の仲間のことも訊いてみたが、親爺はそこまでは知らなかった。

「お屋敷で奉公してた女中は、ここにはいないようだ」

隼人はそう言い残し、八百屋の店先から離れた。

8

隼人と庄助が汐見橋のたもとにもどると、利助と綾次が待っていた。ふたりは、げんなりした顔をしていた。

「どうだ、何か知れたか」

隼人が訊いた。

「それが、嘉蔵店のことは、何も知れなかったんでさァ」

利助が肩を落として言った。

「嘉蔵店のことは、おれたちがつかんだ」

隼人が、八百屋の親爺から聞き込んだことをかいつまんで話した。

「嘉蔵店は、橋を渡った先にあったんですかい」

「そうだ。嘉蔵店に、増川も姿を見せるようだぞ」

隼人が言い添えた。

「あっしらが話を聞いた男も、宗七が増川らしい二本差しと歩いているのを見たことがあると言ってやしたぜ」

利助によると、話を聞いた男は富ケ岡八幡宮界隈を縄張りにしている遊び人で、宗七のことを知っていたという。

その遊び人は、宗七がその武士と三十三間堂の裏手の路地から出てくるのを目にした、と話したそうだ。三十三間堂の裏手は、永代寺門前東町で、入船町の近くである。

「増川も、入船町界隈に身を隠しているのかもしれないぞ」

隼人が言った。

「あっしもそんな気がしやす」

と、利助。

「早く増川の隠れ家をつかみたいな」

隼人は、宗七を捕縛すれば、増川は深川から姿を消すのではないかとみた。それに、隼人にはもうひとつ懸念があった。押込み一味のなかで、ひとりだけ何者なのか分かっていなかったのだ。

四人のなかで、増川、宗七、元造の名は知れた。ただ、元造は押込み一味かどうか、まだはっきりしなかった。繁吉と浅次郎が、元造の身辺を探っているはずである。残るひとりも町人らしいが、まだその姿が見えてこない。笹森が口にした政五郎という男であろうか。

「利助、綾次とふたりで、しばらく宗七の塒を見張ってくれ。なに、宗七の塒の近くに張り込まなくとも、この通りに目をやっていれば、宗七と増川が通るはずだ」

宗七と増川はそれぞれの塒に顔を出し、ふたりで遊びに出かけることがあるのではないか、と隼人は踏んだのだ。幸い、利助たちは宗七と増川を目にしていた。ふたりが通りかかれば、それと気付くはずだ。

「承知しやした」

利助が言うと、綾次もうなずいた。

「油断するなよ。利助たちは、ふたりの顔を見ているが、むこうも利助たちの顔を知っているはずだぞ」

「顔を隠して張り込みやす」

利助が顔をひきしめて言った。


翌日から、利助と綾次は入船町に来て、汐見橋のたもとの岸際の樹陰に隠れて宗七と増川が通りかかるのを待つことになった。ただ、長丁場になるので、八ツ半（午後三時）ごろから、暮れ六ツ（午後六時）の鐘が鳴るまでということにした。増川たちが出歩くのは、そのころとみたのである。

だが、利助たちが増川の居所をつかむより、繁吉たちの方が早かった。隼人が利助たちと、増川たちのことを探っていた間、繁吉と浅次郎は、ずっと伝兵衛店に目を配っていたのだ。

隼人が利助たちと入船町に出かけた翌日、ひょっこり繁吉が八丁堀の組屋敷に姿を見せた。

南町奉行所に出仕しようとしていた隼人は、おたえから繁吉が組屋敷に来たことを聞くと、

「庭にまわしてくれ」

と、指示した。縁先で話を聞こうと思ったのだ。

隼人は庭先にまわってきた繁吉に、

「ここに、腰を下ろせ」

と言って、自分が腰を下ろしている脇に手をむけた。

「遠慮なく」

繁吉は縁先に腰を下ろした。

「ひとりか」

繁吉ひとりだった。下っ引きの浅次郎は、いっしょではないようだ。

「浅次郎は、伝兵衛店を見張っていやす」

「それで、何か知れたのか」

繁吉が何かつかみ、知らせにきた、と隼人はみたのである。

「へい、昨日の夕方、伝兵衛店の元造のところに職人ふうの男が、姿を見せやした。そいつの名は、百助《ももすけ》。元造の仲間らしいんでさァ」

繁吉によると、伝兵衛店の路地木戸から元造と職人ふうの男が出てくるのを目にしたという。

「政五郎という名ではないのか」

隼人は、笹森が口にした政五郎のことを頭に浮かべたのだ。

「百助という名のようで」

「そいつが、押込み一味の残るひとりか」

隼人が顔をけわしくして言った。

「あっしもそうみやした」

「百助という男が、錠前を破ったのかもしれんぞ」

まだ、押し入った先で錠前を破ったのはだれか、分かっていなかったのだ。

「それで、どうした」

隼人は話の先をうながした。

「ふたりの跡を尾《つ》けやした」

繁吉によると、元造と百助は、路地から竪川沿いの道に出て大川の方へむかったという。その道は人通りが多かったので、繁吉たちは通行人を装って元造たちに近付いた。

「思いきって、ふたりの話が聞こえるところまで近寄りやした。そのとき、元造が百助と呼んだので、そいつの名が知れたんで」

「他に、何か耳にしたのか」

隼人が訊いた。

「へい」

繁吉によると、話の内容までは聞き取れなかったが、元造が増川と宗七の名も口にしたので、百助も押込み一味と知れたという。

「まちがいないな」

元造と百助を、押込み一味とみていいようだ。

これで、押込み一味四人が分かったことになる。増川、宗七、元造、それに百助である。

「元造たちは、どこへむかったのだ」

隼人が、声をあらためて訊いた、繁吉たちは、さらに元造たちの跡を尾けたはずである。

「それが、やつらにしてやられやした」

元造と百助は、竪川沿いの通りにあった一膳めし屋に入ったという。

繁吉たちは、百助の塒を知りたかったので、ふたりが店から出てくるを待った。ところが、一刻（二時間）ちかく経《た》っても、元造たちは店から出てこなかった。

仕方なく、繁吉たちは客を装って一膳めし屋に入ってみたが、店内に元造たちの姿がなかった。

繁吉が店の親爺に訊くと、元造たちはめしを食い終えた後、裏手から出たという。

「うまくまかれやした。親爺の話では、元造は店で飲み食いした後、背戸から裏手の路地に出ることが多いそうでさァ。跡を尾けられるのを用心してるようで」

「用心深いな」

「旦那、どうしやす」

繁吉が訊いた。

「もうすこし、元造を見張ってくれ。……いま、利助たちが、増川と宗七に目を配っている。増川の隠れ家がつきとめられれば、いっしょに元造を捕ることができる」

隼人は元造を吐かせて、百助の塒をつきとめる手もあると思った。

第五章　隠れ家

1

「親分、やつだ」

浅次郎が声を殺して言った。

繁吉と浅次郎は、伝兵衛店《でんべえだな》の路地木戸の近くの樹陰にいた。路地沿いに欅《けやき》が枝葉を茂らせていたので、繁吉たちは太い欅の幹の陰から路地木戸に目をやっていた。

その路地木戸から、元造が姿をあらわしたのだ。棒縞《ぼうじま》の小袖を裾高に尻《しり》っ端《ぱ》折《しよ》りし、両脛《りょうすね》をあらわにしていた。遊び人のような恰好《かっこう》である。

元造は路地に出ると、周囲に目を配ってから竪川沿いの通りへむかった。

七ツ（午後四時）ごろだった。陽は西の空にまわっていたが、夕陽が路地を照らしている。

「浅次郎、尾《つ》けるぞ」

繁吉は樹陰から路地に出た。

元造は一町ほど先にいた。繁吉たちは、すこし距離をとって跡を尾けた。元造は用心深い男らしく、ときどき後ろを振り返った。

元造は路地から竪川沿いの通りに出ると、右手にまがった。大川の方へむかったようだ。

「走るぞ」

繁吉と浅次郎は駆けだした。元造の姿が見えなくなったからだ。

繁吉たちは竪川沿いの通りに出ると、元造のまがった大川の方へ目をやった。

「親分、あそこ！」

浅次郎が指差した。

元造の後ろ姿が見えた。肩を振るようにして歩いていく。竪川沿いの道は人通りがあった。ぼてふり、風呂敷包みを背負った行商人、職人、町娘、供連れの武士などが行き交っている。

繁吉たちは、元造との間をつめた。人通りが多かったので元造を見失う恐れがあったし、元造が振り返っても、繁吉たちの姿は通行人に紛れて目にとまらないはずである。

「やつが店に入った」

浅次郎が言った。

「一膳めし屋だ」

元造は、通り沿いにある一膳めし屋に入った。以前入ったのと同じ店である。

「親分、どうしやす」

「見ろ、百助だ」

繁吉が通りの先を指差した。

見覚えのある男が、一膳めし屋の方に歩いてくる。三十がらみと思われる顔の浅黒い男だった。百助である。小袖を尻っ端折りし、股引《ももひき》を穿《は》いていた。

百助は一膳めし屋の店先に立ち、通りの左右に目をやってから店に入った。

「やつら、ここで会っているようだな」

「裏手から出るはずですぜ」

「よし、裏手にまわろう」

繁吉たちは一膳めし屋に近付いた。

一膳めし屋の手前の下駄屋の脇に、路地があった。ひとがふたり並ぶと、やっと通れるだけの細い裏路地である。通り沿いに並ぶ店の裏手につづいている路地らしい。

繁吉たちは裏路地に入った。すぐに、路地は左手にまがっていた。表通りにならぶ店の裏手につづいている。

「親分、ふたつ目の店が一膳めし屋ですぜ」

浅次郎が指差した。路地が右手のまがる角からふたつ目の店が、一膳めし屋らしい。

「そのようだ」

一膳めし屋の裏手に背戸があり、その脇に芥溜《ごみた》めがあった。野菜の屑《くず》や割れた瀬戸物などが、散らばっている。

「あの八手の陰に隠れよう」

繁吉が指差した。芥溜めからすこし離れたところに、八手が大きな葉を茂らせていた。その陰にまわれば、隠れることができる。

繁吉たちは、八手《やつで》の陰に身を隠した。そこは狭く、ふたりで屈《かが》むのがやっとだった。それに、芥溜めが近いせいもあって嫌な臭いがした。

小半刻（三十分）ほどすると、浅次郎が、

「元造たちは、表から出たんじゃァねえでしょうね」

と、顔をしかめて言った。

「辛抱しろい。……御用聞きは、辛抱が大事《でえじ》よ」

そう言ったが、繁吉も顔をしかめている。

それから半刻（一時間）ほどしたろうか。浅次郎が狭い場所に屈んでいるのが我慢できなくなり、立ち上がって伸びをしようとした。そのとき、背戸のあく音がした。

浅次郎は、慌てて八手の陰に屈んだ。

「出てきたぞ！」

繁吉が声を殺して言った。

背戸から、男がふたり姿を見せた。元造と百助である。ふたりは酒を飲んだらしく赤い顔をしていた。

ふたりは路地に出ると、卑猥《ひわい》な冗談を言いながら路地を歩きだした。下駄屋と反対方向である。

ふたりの姿が路地の先に遠ざかったとき、

「尾けるぞ」

繁吉が八手の陰から路地に出た。

浅次郎は、慌てて繁吉の後についた。繁吉たちは、店の裏手に積んである薪《まき》や古桶《ふるおけ》、芥溜めの陰などに身を寄せながら繁吉たちの跡を尾けた。

「やつら、まがった」

浅次郎が声を上げた。

前を行く元造たちが左手にまがり、その姿が見えなくなった。

繁吉たちは走った。ここで見失ったら、いままで身をひそめていた苦労が水の泡である。

繁吉たちは、元造たちと同じように左手にまがった。細い路地の先に、元造たちの姿が見えた。元造たちの前方に、竪川沿いの通りが見えた。まばらだが、通行人が行き交っている。

元造たちは竪川沿いの通りに出ると、右手に足をむけた。右手は大川方面である。

また、繁吉たちは走った。元造たちの姿が見えなくなったからだ。

繁吉たちが竪川沿いの通りへ出ると、前方に元造と百助の姿が見えた。淡い夕闇に染まった通りを大川の方へむかっていく。

「やつら、どこへ行く気ですかね」

浅次郎が繁吉に身を寄せて訊《き》いた。

「分からねえ。ともかく、跡を尾けるんだ」

繁吉たちは、すこし間をつめた。ぽつぽつと人影があったので、すこしなら元造たちが振り返っても気付かれないだろう。

2

前方に竪川にかかる一ツ目橋が迫ってきた。その先に、大川の川面がひろがっていた。西の空の残照を映じて茜色《あかねいろ》に染まっている。

一ツ目橋のたもとまで来ると、元造だけが橋の方へまがった。橋を渡るつもりらしい。橋を渡った先は深川である。

一方、百助はそのまま竪川沿いの道を歩いていく。

「親分、どうしやす」

浅次郎が訊いた。

「百助だけ尾ける。元造の塒《ねぐら》は分かっているからな」

元造は深川に行くようだ。増川や宗七の隠れ家かもしれない。ただ、増川たちの隠れ家は利助たちが探っているはずなので、いずれ元造の行き先も分かるだろう。それに、ここで浅次郎と別々になり、浅次郎ひとりに元造の跡を尾けさせるのは、心許無《こころもとな》かったのだ。繁吉と浅次郎は、百助の跡を尾けた。

すでに暮れ六ツ（午後六時）の鐘は鳴っていた。通り沿いの店は表戸をしめていた。軒下や樹陰などには、夕闇が忍び寄っている。百助は両国橋の東の橋詰に出ると、人影のすくなくなった両国橋を渡った。

渡った先は、西の橋詰で江戸でも有数の賑やかな広小路だが、さすがに暮れ六ツを過ぎると、人影はまばらになっていた。

百助は両国広小路に出てすこし歩いてから、左手の通りに入った。そこは、米沢町だった。通りの左右には大店《おおだな》が並んでいたが、どの店も表戸をしめ、ひっそりとしていた。通りには、ぽつぽつと人影があった。遅くまで仕事をした出職の職人、一杯ひっかけた若い衆、夜鷹《よたか》そばなどである。

「やつは、どこへ行くつもりだ」

浅次郎が、百助に目をやりながら言った。

「塒に帰るとみたぜ」

繁吉は、百助がこれから独りで遊びに行くとは思えなかった。

百助は前方に浜町堀にかかる汐見橋が見えてきたところで、左手におれた。そこは橘町《たちばなちょう》である。

「また、まがったぜ」

繁吉たちは走った。

百助がまがった角まで来て路地に目をやると、百助の後ろ姿が見えた。近くに人影はなく、路地沿いの店は表戸をしめてひっそりとしていた。

百助は路地をしばらく歩いてから、路地沿いにあった小店の前に足をとめ、表戸をあけた。戸締まりはしていなかったらしい。

「店に入《へえ》ったぜ」

看板も出ていなかったので、何を商っている店か分からなかったが、仕舞屋《しもたや》でないことは確かである。

繁吉と浅次郎は足音を忍ばせて、百助が入った店の戸口に近付いた。

板戸に身を寄せると、家のなかからかすかな物音が聞こえた。床を踏むような音や障子をあけしめするような音である。

人声は聞こえなかった。百助しかいないのかもしれない。

繁吉と浅次郎はいっとき板戸に身を寄せていたが、物音しか聞こえないので、その場を離れた。

店先から離れたところで、繁吉が、

「浅次郎、明日だな」

と声をかけた。繁吉は、近所で百助のことを聞き込んでみるつもりだった。

翌日、繁吉と浅次郎は、百助が入った店の近くまで来て足をとめた。四ツ（午前十時）ごろだったが、店の表戸はしまったままだった。商売はやっていないのかもしれない。

繁吉は路地に目をやり、五、六軒先に笠屋があるのを目にとめた。店先に菅笠《すげがさ》、網代笠《あじろがさ》、八ツ折り笠などがかかっていた。土間の先の小座敷で、あるじらしい男が菅笠を並べていた。そこも、売り場になっているらしい。

繁吉は百助が入った店のことを訊いてみようと思い、笠屋に入った。浅次郎は後からついてきた。

「いらっしゃい」

あるじらしい男は、すぐに立ち上がった。

「あるじかい」

繁吉が低い声で訊いた。

「は、はい」

あるじの顔から愛想笑いが消えた。客ではないと察知したらしい。

「この先に、表の戸をしめたままの店があるな」

「ございますが……。親分さんですか」

あるじが、小声で訊いた。繁吉の物言いから岡っ引きと思ったらしい。

「おれのことはどうでもいいが、あの店の商売は何だい」

繁吉が訊いた。

「古着屋ですが、一年ほど前から表の戸をしめておくことが多くなりましてね。いまは商売をしてないようですよ」

「古着屋な」

「男がひとり、店に入って行くのを見かけたが、女房や子供はいるのかい」

「百助さんは、独り者ですよ」

「独り暮らしか」

「はい」

「いったい、何をして暮らしているのだ」

店をしめたままでは、商売にならないだろう。

「さァ、てまえには分かりませんが……。金まわりは、いいようですよ。近所の者に聞いたんですがね。半月ほど前に、百助さんが柳橋の料理屋から出てくるのを見たそうですから」

「柳橋の料理屋な」

柳橋は、老舗《しにせ》の料理屋や料理茶屋があることで知られていた。この辺りからは近かった。両国広小路から神田川にかかる柳橋を渡った先である。

柳橋の料理屋や料理茶屋は、富商の主人や大身《たいしん》の旗本などが利用することが多く、はした金では飲み食いできないだろう。古着屋の親爺が、出入りできるような店ではないはずだ。

「ところで、百助がそこで古着屋を始めたのは、いつごろだ」

繁吉が声をあらためて訊いた。

「五、六年前ですよ」

あるじによると、その古着屋は別の男がやっていたが、病で亡くなったため、百助が居抜きで買い取ったらしいという。

「百助だが、古着屋を始める前は何をしてたんだい」

遊び人や地まわりなどではないようだし、別の商いをしていたようにも見えなかった。繁吉の胸に、百助は前から盗人だったのかもしれない、との思いがあったのだ。

「ここで古着屋を始める前は、錺職《かざりしょく》だったと聞いてますよ」

「錺職な」

錺職は簪《かんざし》や笄《こうがい》など、金属の細かい細工をする職人である。

繁吉は百助の身装《みなり》から、職人ではないかとみていたが、錺職だったようだ。

「そんな噂《うわさ》を聞いただけで、ほんとに錺職だったかどうか分かりませんがね」

あるじの声に、揶揄《やゆ》するようなひびきがあった。錺職だったという話を信用してないらしい。

「手間をとらせたな」

繁吉は浅次郎を連れて笠屋から出た。

「親分、どうしやす」

浅次郎が訊いた。

「せっかく来たのだ。やつが、店にいるか確かめてみよう」

繁吉たちは、通行人を装って古着屋に近付いた。

店の表戸は、しまったままだった。繁吉たちは店先に近寄り、聞き耳をたてた。足をとめず、歩調をゆるめただけだったが、店のなかで物音が聞こえた。床板を踏むような音である。

繁吉たちは、すぐに店先から離れた。通行人や近所の住人に不審を抱かれ、騒がれないようにしたのだ。

「百助は店にいるようですぜ」

浅次郎が小声で言った。

「今日のうちにも、長月の旦那に知らせよう」

繁吉は、元造と百助を捕るかどうか隼人にまかせようと思った。

3

「百助の塒が知れたか」

隼人が身を乗り出して言った。

「へい、古着屋の親爺におさまってやした」

繁吉が浅次郎とふたりで百助の跡を尾け、百助が古着屋に入ったのを確かめたことを話した。

隼人と繁吉がいるのは、八丁堀の組屋敷の縁先だった。繁吉が、探ったことを知らせに来たのである。

浅次郎は、この場にいなかった。元造の塒である伝兵衛店を見張っているはずだ。

「百助は、独り暮らしか」

隼人が訊いた。

「そのようで」

「まだ、百助も元造も、繁吉たちが塒をつかんだことに気付いてないのだな」

「ふたりとも、気付いてないはずです」

「ふたりいっしょに捕りたいが、捕方をむける前にふたりの隠れ家を見ておくか」

隼人は、天野に話して捕方を手配してもらうつもりだったが、その前にふたりの隠れ家だけでも見ておきたいと思った。

「これから行きやすか。舟で来てやすんで、すぐでさァ」

繁吉は船宿の船頭をしていたので、舟は自由になる。それに、江戸の河川や掘割のことは自分の庭のように知っていた。

「頼む」

隼人は繁吉に、戸口で待っていてくれ、と言い残し、座敷にもどった。念のために御家人ふうに身を変えて、行くつもりだった。

繁吉は、舟を南茅場町の大番屋のそばの桟橋にとめていた。隼人が舟に乗り込むと、艫《とも》に立って棹《さお》を握り、

「先に、伝兵衛店に行きやす」

そう声をかけ、舟を桟橋から離した。

舟は日本橋川を下り、中洲と呼ばれる大川の新大橋の近くの浅瀬に出た。舟は水押

しを川上にむけ、そのまま新大橋をくぐった。そして、薬研堀《やげんぼり》近くまで行くと、水押しを対岸にむけて竪川に入った。

前方に竪川にかかる一ツ目橋が迫ってきた。その先の遠方に、かすかに橋梁《きようりよう》が見える。二ツ目橋である。竪川は大川に近い方から順に、一ツ目橋、二ツ目橋、三ツ目橋……と、呼ばれる橋がかかっていた。

伝兵衛店は、二ツ目橋近くの相生町四丁目にある。

二ツ目橋が間近に迫ってきたところで、

「舟を着けやすぜ」

繁吉が声をかけ、棹を使って舟を左手にむけた。

ちいさな桟橋だった。三艘《そう》の猪牙舟《ちよきぶね》が舫《もや》ってある。繁吉は船縁《ふなべり》を桟橋に寄せると、隼人に、「下りてくだせえ」と声をかけた。

すぐに、隼人は桟橋に下り、繁吉が舟を舫い杭《くい》に繋《つな》ぐのを待ってから竪川沿いの通りに出た。

「こっちでさァ」

繁吉が先にたった。この辺りは、相生町四丁目である。

繁吉は竪川沿いの道を東に一町ほど歩いたところで、左手の路地に入った。狭い路地で、小店や仕舞屋などがつづいていた。

繁吉は八百屋の斜向《はすむ》かいの路傍に足をとめ、

「八百屋の脇の路地木戸を入った先が、伝兵衛店で」

そう言って、八百屋の脇にある路地木戸を指差した。

「浅次郎は」

隼人が訊いた。

「路地木戸の近くに身をひそめているはずでさァ。ちょいと、呼んできやす」

そう言い残し、繁吉は八百屋の脇へまわった。

すぐに、繁吉が浅次郎を連れてもどってきた。隼人が浅次郎に話を聞くと、元造は長屋にいるとのことだった。

「お梅もいっしょか」

隼人は、繁吉から元造はお梅という若い女といっしょに暮らしていると聞いていたのだ。

「いっしょのようです」

浅次郎によると、半刻（一時間）前、様子を見るために元造の家のそばを通り、ふたりの話し声を耳にしたという。

「三棟あるようだが、元造の家はどこだ」

「真ん中の棟の角からふたつ目が、やつの家で」

浅次郎が言うと、

「旦那、行ってみやすか」

と、繁吉が訊いた。

「やめておこう。今日は、伝兵衛店の様子を見るだけでいい」

隼人は、御家人ふうの恰好で来ていたが、このまま長屋に入って元造の目に触れたら、町方と知れるかもしれない。知れれば、ここまで探ったことが水の泡である。それに、いまは伝兵衛店の様子と元造が家にいることを確かめれば十分だった。

隼人は浅次郎をその場に残し、繁吉とふたりで竪川沿いの通りにもどった。そして、舟には乗らず、竪川沿いの道を西にむかった。

両国橋を渡り、両国広小路に出ていっとき歩いてから、

「こっちでさァ」

繁吉が隼人に声をかけ、左手の表通りに入った。そこは、日本橋米沢町である。

隼人は表通りをしばらく歩いたとき、背後から歩いてくる男に目をやった。その男は、隼人が両国橋を渡るときも、後ろを歩いていたのだ。

菅笠をかぶり、草鞋《わらじ》履きで風呂敷包みを背負っていた。行商人のようだった。

隼人は男にかまわず、繁吉の後ろを歩いた。男の身辺に殺気がなかったからである。

「そこの路地の先でさァ」

そう言って、繁吉は左手の路地を指差した。

隼人は繁吉につづいて路地に入り、半町ほど歩いたところで、あらためて背後を振り返ると、行商人ふうの男が後ろにいた。いつの間に近付いたのか、男と距離は三十間ほどしかない。

ふいに、男は菅笠を持ち上げて顔を見せると、右手の親指と人差し指で丸い輪を作り、己の目に当てた。

……みみずく小僧だ！

隼人は察知した。

男は指で丸い大きな目であることを知らせたのである。男はすぐに菅笠を下ろし、足を速めて隼人に近付いてきた。

4

隼人はすこし足を遅らせて、繁吉との間をとった。みみずく小僧は、隼人だけに知らせたいことがあって、跡を尾けてきたとみたのである。

隼人はみみずく小僧が背後に近寄ったところで、

「また、会ったな」

と、声をひそませて言った。

「へい」

「おれに用か」

「旦那の耳に入れておきてえことがありやして」

「話してくれ」

「百助は、もぐりの政と呼ばれている独り働きの盗人でさァ」

「政とは」

「政五郎のことでさァ」

「なに、政五郎だと！」

思わず、隼人が声を上げた。

隼人は、笹森から政五郎のことを聞いていた。いまは会ってないようだが、宗七といっしょに賭場で出入りしていたことがあるとのことだった。おそらく、百助は偽名であろう。

……やはり、百助は押込み一味のひとりだ！

と、隼人は確信した。

隼人は繁吉から百助の話を聞いたときも、政五郎のことが浮かんだが、そのときは、はっきりしなかったのだ。

隼人はいっとき黙考しながら歩いていたが、

「もぐりとは？」

と、声をあらためて訊いた。

「どこへでも、もぐり込んで身を隠すからで」

「政五郎が、店がひらいているときにもぐり込み、夜になって仲間を引き入れたのか」

「そうみてやす」

「政五郎は錺職だったらしいが、錠前を破ったのも政五郎か」

まだ、錠前を破ったのはだれか、分かっていなかったのだ。

「はっきりしねえが、そうかもしれねえ」

みみずく小僧がすこし歩調を緩め、隼人との間をとった。話はこれで、終わりにしたいということらしい。

「待て、なぜ、おれに話した」

　隼人が訊いた。

「旦那なら、あっしのことを分かってくれると思いやしてね」

　そう言うと、みみずく小僧は踵《きびす》を返し、足早に遠ざかった。

　隼人は、足を速めて繁吉に追いついた。繁吉は隼人が行商人らしい男と話していたのに気付いたらしく、

「あの男に、何か訊かれたんですかい」

　遠ざかっていくみみずく小僧に目をやって訊いた。

「道を訊かれただけだ。浜町河岸に出たい、と言われてな、教えてやったよ」

　隼人は、うまくごまかした。繁吉にも、みみずく小僧のことを話すわけにはいかなかったのだ。

　繁吉は路傍に足をとめ、

「旦那、あの店が百助の塒ですぜ」

　そう言って、斜向かいにある小店を指差した。

　表戸はしまっていた。やはり、古着屋はひらいてないらしい。

「近付いてみるか」

隼人と繁吉は通行人を装って、店の戸口に近寄った。

ただ、表戸に身を寄せただけで、足をとめずに通り過ぎた。他の通行人に不審の目をむけられないためである。

隼人が店の表戸に身を寄せたとき、家のなかでかすかな物音がした。何の音か知れなかったが、ゴソゴソという音だった。

「百助はいるようだな」

隼人は、政五郎でなく百助の名を口にした。まだ、政五郎のことは伏せておきたかったのである。


その日、隼人は陽の沈みかけたころ八丁堀にもどった。座敷で羽織袴姿を着替えていると、障子があいておたえと菊太郎が顔を出した。

「父上、剣術の稽古がしたい」

菊太郎が、隼人の顔を見るなり言った。

「菊太郎、後にしなさい」

おたえが、窘《たしな》めるような声で言った後、

「利助さんと綾次さんが、みえてますよ」

と、知らせた。おたえは、綾次のことも知っていたのだ。

「縁先にまわしてくれ」

利助は、隼人に知らせることがあって来たにちがいない。おそらく押込み一味のことだろう。

隼人は着替えを終えて縁先に出ると、戸口からまわった利助が姿を見せた。

利助が縁先に近付くのを待ってから、

「利助、何か知れたか」

と隼人が訊いた。

「へい、増川の隠れ家が知れやした」

利助が昂《たかぶ》った声で言った。

「知れたか！」

思わず、隼人が声を上げた。

「今日の昼過ぎ、増川と宗七が汐見橋を通ったんでさァ」

利助が口早にしゃべった。

増川と宗七は、汐見橋を渡り、富ケ岡八幡宮の方へむかったという。さっそく、利助は綾次とふたりで、増川たちの後を尾けた。

三十三間堂を過ぎたところで、増川と宗七は別れ、増川だけが右手の路地に入った。

「あっしと浅次郎は、増川だけを尾けやした」

「それで」

隼人は話の先をうながした。

「増川は三十三間堂の裏手にあった家に入《へえ》りやした」

利助によると、浅次郎とふたりで近所で聞き込み、そこが増川の新しい隠れ家であることが知れたという。

「そこは借家で、増川はまだ越してきて間がないそうでさァ」

「増川は伊勢崎町の借家を出た後、そこに身を隠したのだな」

宗七の住む長屋と近かったので、宗七が増川にその借家を紹介したのかもしれない。

「増川は、独り暮らしか」

隼人が声をあらためて訊いた。

「いまは、ひとりのようでさァ」

「これで、一味四人の居所が知れたな」

隼人は、押込み一味のひとり、百助の居所が知れたことを利助に話した。まだ、利助にも、政五郎でなく百助の名を口にした。

「旦那、これで、やつらをお縄にできやすね」

利助が声を上げた。利助の顔にあった疲労の色が、消し飛んでいる。

5

隼人はその日のうちに、天野と会った。ちょうど、夕餉《ゆうげ》ごろだったが、

「天野、話したいことがある」

と言って、天野を連れ出した。家族のいないところで、ふたりだけで話そうと思ったのである。

隼人は天野を亀島町の河岸通りに連れていった。

河岸通りに出ると、

「長月さん、何か知れましたか」

天野が、すぐに訊いた。

「知れた。押込み一味の四人の隠れ家がな」

「四人とも、知れたのですか」

天野が驚いたような顔をした。

「利助や綾次たちが、うまく嗅ぎ出したのだ」

事実そうだった。四人の隠れ家をつかんだのは、利助や綾次たちである。

「増川、宗七、元造の三人は知れてましたが、もうひとりは」

天野が訊いた。

隼人は天野に、増川たち三人のことは話してあったが、百助のことは話してなかった。もっとも、隼人も百助の隠れ家はつかんだばかりである。

「そいつは百助という名で、押込み一味のひとりらしい。橘町で、古着屋をやってるようだが、いまは店をしめたままだ」

隼人は、天野にも政五郎の名は口にしなかった。みみずく小僧のことは、まだ内密にしておきたかったからである。

「百助ですが、みみずく小僧ではないのですね」

天野が念を押すように訊いた。

「ちがう。みみずく小僧ではない」

隼人は、はっきりと言った。

「やはり、一味はみみずく小僧の真似をしていただけですか」

「そういうことだな」

「どうします。すぐにも、捕らえたいのですが」

天野が足をとめて訊いた。

「おれも、すぐに捕らえたいが、相手は四人だ。しかも、別々の隠れ家に身をひそめている」

四人の隠れ家は、増川が三十三間堂の裏手、宗七が入船町、元造が相生町四丁目、百助が橘町である。

「同じ日に、四人を捕らえるのはむずかしいな」

隼人が捕方を、四か所に分散してむけなければならないことを言い添えた。

「無理ですね」

天野が眉を寄せた。

「それで、先に元造と百助を捕らえたいのだ。幸い、ふたりの隠れ家は、増川と宗七の住んでいる場所から離れている。それに、元造と百助は頻繁に顔を合わせているようだが、増川たちとはあまり会ってないようだ。おそらく、四人で顔を合わせるのは、盗みに入る前だけだろう」

「それなら、元造と百助を捕らえても、増川たちが知るまでは間がありますね」

天野が声を大きくして言った。

「間があるといっても、噂はすぐにひろまるぞ。できるだけ早く増川たちを捕らえたい」

　隼人は、元造たちを捕らえた後、翌々日ぐらいには増川たちを捕縛したいと思った。むろん、増川と宗七の見張りはつづけるつもりだ。

「それでな、明後日にも、元造たちを捕らえたいのだ。天野、捕方を集めてくれんか」

「承知しました」

　天野が顔をひきしめて言った。


　天野は隼人と会った翌日、巡視を早めに切り上げ、岡っ引きと下っ引き、それに小者、中間など二十人ほどに捕物のこと伝えた。

　一方、隼人は、繁吉と浅次郎だけ連れていくことにした。利助と綾次は、増川と宗七の見張りにあたらせるつもりだった。元造と百助の捕縛にむかうのは、隼人の他に二人だが、天野の一隊と合わせれば二十数名になるだろう。それで、十分だった。

　隼人たちは元造と百助を別々に捕らえるのではなく、先に元造を捕らえ、すぐに隼人が捕方の半数ほど連れて百助の捕縛にむかうことにした。それというのも、天野は元造と百助の隠れ家がどこにあるか知らなかったし、元造を捕らえた後、百助の隠れ家のある橘町にむかっても、百助の耳に入る前に捕らえることができる、と隼人は踏んだのだ。

天野は捕らえた元造を八丁堀に連行するために、百助の捕縛にはくわわらないことになる。

その日、曇っていた。ただ、雨の心配はなさそうだった。雲は薄く、ところどころに晴れ間があった。

隼人と天野、それに十人ほどの捕方が南茅場町の大番屋の前に集まり、繁吉が調達しておいた二艘の猪牙舟に乗って本所相生町にむかった。捕方といっても、ふだん市中を歩いている恰好だった。隼人と天野もそうである。

他の捕方は、二ツ目橋のたもと近くで待っていることになっていた。浅次郎もそこにいる。

二艘の舟は日本橋川から大川に出て、しばらく遡《さかのぼ》ってから対岸の本所にむかい、竪川に入った。

二艘の舟が二ツ目近くの桟橋に着くと、隼人と天野、それに捕方たちは竪川沿いの通りに出た。そこへ、近くで待っていた十人ほどの捕方が集まってきた。いずれも岡っ引きと下っ引きで、本所、両国、浅草などを縄張りにしている者たちである。

「こっちで」

　繁吉が先に立った。

　隼人たちは竪川沿いの道を一町ほど東にむかって歩いてから、左手の路地に入った。ぽつぽつと人影があった。土地の住人が多いようだ。通行人は隼人たちの一行を目にすると、慌てて路傍に身を寄せた。

　隼人たちが路地に入ってすこし歩くと、前方に伝兵衛店が見えてきた。

「浅次郎ですぜ」

　繁吉が言った。

　浅次郎が、こちらに走ってくる。伝兵衛店を見張っていたが、隼人たちを目にしたらしい。

「元造はいるか」

　すぐに、隼人が訊いた。

「い、いやす。お梅もいっしょでさァ」

　浅次郎が、息を弾ませながら言った。

「よし、手筈《てはず》どおりだ」

　隼人が天野や捕方たちにも聞こえる声で言った。

6

隼人たちは繁吉と浅次郎の先導で、足早に伝兵衛店の路地木戸をくぐった。

路地木戸の先に井戸があり、長屋の女房らしい女がふたり、水汲《みずく》みに来ていた。ふたりは、いきなり入ってきた捕方の一隊を見て悲鳴を上げ、その場に立ち竦《すく》んだ。

「騒ぐな！」

隼人がふたりの女に声をかけただけで、捕方の一隊は三棟並んでいる真ん中の棟にむかった。そして、真ん中の棟の角まで来ると、足をとめ、

「ふたつ目が、やつの家で」

繁吉が言った。

「よし、踏み込むぞ」

隼人が天野と捕方たちに声をかけた。

隼人と天野が先にたち、足音を忍ばせて元造の家の前の腰高障子に身を寄せた。家のなかで、男と女の声が聞こえた。元造とお梅らしい。

「あけるぞ」

隼人が声を殺して言い、すぐに腰高障子をあけた。

土間の先に、六畳の座敷があった。座敷のなかほどに、元造が胡座《あぐら》をかいていた。湯飲みを手にしている。茶を飲んでいたらしい。お梅は急須を手にして、元造のそばに立っていた。ちょうど立ち上がったところに、隼人たちが踏み込んできたらしい。

「捕方か！」

元造が叫んだ。

「捕れ！」

天野が声を上げた。すると、十手を手にして土間に踏み込んでいた捕方たちが、御用！　御用！　と声を上げ、座敷に踏み込んだ。

元造はひき攣《つ》ったような顔をして立ち上がり、座敷の隅の神棚の下に行き、腕を伸ばして何かをつかんだ。匕首《あいくち》である。

元造は匕首をつかんで、抜こうとした。そこへ、ふたりの捕方が踏み込み、力任せに十手で殴りかかった。すばやい動きである。

ひとりの捕方の十手が元造の肩を、もうひとりの捕方の十手は元造の匕首を手にした右腕を強打した。

元造は悲鳴を上げ、手にした匕首を取り落とした。そこへ、別の捕方ふたりが踏み込み、ひとりが元造の腰に腕をまわし、もうひとりが足をからめて元造を畳に押し倒した。

これを見た天野が、

「縄をかけろ！」

と、声を上げた。さらにふたり捕方がくわわり、元造を取り囲むようにして早縄をかけた。なかなか手際がいい。

隼人は土間に立ち、腰の兼定の柄を握ったまま捕物の様子を見ていたが、元造が捕方たちに捕縛されると、

……おれの出番は、なかったな。

苦笑いを浮かべて、胸の内でつぶやいた。

天野は捕方たちに、お梅も捕らえるよう指示した。お梅も大番屋に連れていって、事情を訊くのである。

お梅にも縄がかけられると、

「天野、ふたりを頼む」

隼人が、声をかけた。

隼人はこの場は天野にまかせ、十人ほどの捕方を連れて百造を捕らえに橘町へまわるつもりだった。天野が捕らえた元造とお梅を、残った捕方たちと南茅場町の大番屋

まで連れていくことになる。

「承知しました」

天野は、その場にいた捕方八人の名を口にし、「ここから先は、長月さんに従え」と指示した。繁吉と浅次郎をくわえれば、ちょうど十人である。

八人の捕り方がいっせいに、オオッ、と声を上げた。すでに、八人には天野から話してあったらしい。

「行くぞ」

隼人は捕方たちに声をかけ、戸口から出た。

隼人のそばに繁吉と浅次郎がつき、八人の捕り方が後につづいた。隼人たちは、桟橋にとめてあった繁吉の舟に乗って大川へ出ると、そのまま大川を横切って薬研堀近くの桟橋に舟をとめた。

隼人たちの一隊は舟から下りると、繁吉が先にたって大川沿いの道を川上にむかい、両国広小路に出た。

「こっちで」

繁吉が先導して、広小路から米沢町の表通りに入った。

隼人たちの一隊は橘町に入り、百助の住む古着屋が見えるところまで来ると、繁吉

が、

「あっしと浅次郎が、先に行きやす」

と言い残し、浅次郎を連れて走りだした。先に行って、百助がいるかどうか確かめるのであろう。いなければ付近に身を隠して、百助がもどるのを待つことになる。

隼人たちは、ゆっくりとした足取りで古着屋にむかった。

繁吉と浅次郎は、古着屋の戸口に身を寄せてなかの様子をうかがっていたが、すぐにもどってきた。

「百助はいたか」

隼人が繁吉に訊いた。

「いやす」

繁吉によると、だれがいるか分からなかったが、家のなかで物音がしたという。

「よし、踏み込むぞ」

隼人が、捕方たちに聞こえる声で言った。

隼人たち一隊は足早に古着屋の戸口にむかい、戸口に身を寄せた。隼人は隅の戸をすこし引いてみた。

ゴトッ、と音をたてて動いた。戸締まりはしてなかったらしい。もっとも、まだ昼ごろである。

「入るぞ」

隼人が板戸を引いた。

板戸は重い音をたててあいた。なかは、薄暗かった。ひろい土間があり、わずかだが古着が吊《つる》してあった。汗と黴《かび》の臭いがした。長く置いたままになっていた古着から発しているらしい。

土間の先に、小座敷があった。そこが売り場であり、帳場でもあるらしかった。座敷の隅に古い机と小簞笥《こだんす》が置いてあった。他に、何もない。

7

「だれもいない」

繁吉が拍子抜けしたような顔で言った。

小座敷にも、土間にも捕方以外の人影はなかった。

「奥だ！」

隼人は、小座敷の脇に板戸があるのを目にした。

すぐに、隼人は小座敷に踏み込み、板戸をあけた。奥に六畳の座敷があり、その先が流し場になっていた。

……ここにもいない！

座敷にも流し場にも、人影はなかった。背戸はなく、流し場の上に明かり取りの窓があるだけである。

隼人は奥の座敷に踏み込んだ。寝間らしい。座敷のなかほどに枕屏風《まくらびょうぶ》がたててあり、その後ろに布団と搔巻《かいまき》が置いてあった。布団は、畳んである。

隼人は枕屏風の陰に目をやった後、流し場を見た。流し場にも人影はなかった。明かり取りは格子窓で、そこから外へ出ることはできない。

「旦那、だれもいねえ」

繁吉が困惑したような顔をした。

浅次郎や捕方たちも、戸惑うような顔をして家のなかに目をやっている。

「探せ！　どこかにいるはずだ」

隼人が声をかけた。

捕方たちは、ふたたび土間や売り場などに散った。

「念のため、家のまわりも探ってみろ」

隼人が繁吉に指示した。

「へい」

繁吉は、すぐに浅次郎を連れて店から出た。

捕方たちは夜具をひろげたり、押し入れを見たり、土間に吊してある古着の陰まで確かめたがだれもいなかった。

いっときすると、繁吉と浅次郎がもどってきた。

「どうだ、百助が逃げた跡はあったか」

すぐに、隼人が訊いた。

「それらしい跡は、ねえんで」

繁吉によると、店の裏手や脇から外に出るには、明かり取りの窓と雨戸がたててある場所しかないが、明かり取りは格子窓でそこから出入りできないという。また、雨戸は内側にさるがあり、外に出た様子はないそうだ。

さるは、戸締まりのために戸の框《かまち》に取り付けてある木片だが、どのさるも敷居の穴に差し込んであり、あけた様子はないという。

「たしかに、家のなかで物音がしたんだが……」

繁吉が首をひねった。

「妙だな」

家のなかで物音がしたのなら、だれかいたはずである。繁吉は、鼠《ねずみ》の動く音を聞いたわけではないだろう。

隼人が鼠を思い浮かべたとき、脳裏に、みみずく小僧が、「百助は、もぐりの政と呼ばれている独り働きの盗人——」と口にした言葉がよぎった。

……百助はどこかにもぐり込んで、身を隠したのかもしれない。

と、隼人は思った。

隼人は、すぐに繁吉や近くにいた捕方たちを集めて指示した。

「百助は盗人で、どこへでももぐり込んで身を隠すと聞いている。おれたちが、踏み込んでくるのに気付き、家のどこかにもぐり込んだのかもしれねえ。……家のなかで、ひとがもぐり込めそうなところを、片っ端から探してみろ」

隼人の指示で、繁吉や捕方たちは、あらためて家のなかに散った。

隼人ももう一度、家のなかをまわってみた。だが、百助のひそんでいそうな場所はつきとめられなかった。

それから小半刻（三十分）もしただろうか。寝間にいた繁吉が、足早に隼人のところにやってきて、

「旦那、寝間の畳がすこし浮いてやす」

と、うわずった声で言った。

「畳が浮いていると」

「へい、畳を上げたのかもしれねえ」

「行ってみよう」

隼人は繁吉といっしょに寝間にむかった。

寝間の隅の畳を取り囲むように、数人の捕方が集まっていた。隼人が行くと、捕方たちは身を引いた。

「旦那、これで」

繁吉が声を殺して言った。繁吉は近くに身をひそめているかもしれない百助に、聞こえないように気を使ったのだ。

……畳が浮いている！

畳の隅が、すこしだけ浮いていた。

「畳をはがしてみろ」

隼人が小声で指示した。

繁吉と捕方のひとりが、畳の端を摑《つか》んで持ち上げた。畳の下の床板が、二枚ほど剝《は》がれたままになっていた。床下は暗かった。

繁吉が、床下を覗《のぞ》いた。

「いるぞ！」

繁吉が声を上げた。

隼人は、繁吉の脇から床下を覗いた。すぐ近くに人影があった。黒っぽい衣装に身をつつんだ男が、うずくまっている。ふたつの目が、闇のなかで白く浮き上がったように見えた。

「引き摺《ず》りだせ！」

隼人が、繁吉や捕方たちに指示した。

その場に集まっていた繁吉や捕方たちはさらに畳を取り外し、床板を何枚も剝がした。男は逃げなかった。いや、逃げられなかったのである。その場は、うずくまっているだけの間があったが、床下は狭く、這《は》っても逃げられないようだ。

すばやく、数人の捕方がうずくまっていた男を座敷に引き摺り上げた。

「百助だ！」

繁吉が声を上げた。

「ちくしょう！」

百助は目をつり上げ、歯を剝《む》き出して叫んだが、逃げる素振りは見せなかった。体が激しく顫《ふる》えている。

「縄をかけろ」

隼人が指示した。

すぐに、三人の捕り方が百助を取り囲み、両腕を後ろにとって早縄をかけた。百助は観念したらしく、抵抗する様子は見せなかった。

「ど、どうして、隠れているのが分かったのだ」

繁吉が声を震わせて訊いた。

「百助、いや、もぐりの政。……みみずくがな、おれに教えてくれたんだよ。おめえは押込みのひとり、政五郎だとな」

隼人が、政五郎を見すえて言った。

第六章　飛燕斬り

1

南茅場町の大番屋の前に、隼人と天野、それに二十人ほどの捕方が集まっていた。隼人たちが、元造と百助を捕らえた二日後である。

八ツ（午後二時）ごろだった。秋の陽射しが男たちを照らしている。

「長月の旦那、浅次郎が来やした」

小者《こもの》の庄助が言った。

見ると、浅次郎がこちらに走ってくる。隼人に、増川と宗七のことを知らせにきたようだ。

浅次郎は隼人に近付くと、

「増川と宗七は、塒《ねぐら》にいやす！」

と、口早に言った。顔が紅潮し、汗でひかっていた。深川の入船町から急いできたせいだろう。

利助、綾次、繁吉、浅次郎の四人は、朝から入船町と三十三間堂の裏手の永代寺門前東町に出かけ、増川と宗七の隠れ家を見張っていた。浅次郎が、増川と宗七の様子を知らせるために隼人の許《もと》に来たのだ。

「よし、行くぞ」

隼人が捕方たちに声をかけた。

隼人と天野が先にたち、捕方たちはすこし間をとり、ふたり三人のかたまりになって歩いた。捕物に出かけることが知れないように、ばらばらになったのである。

隼人たちの一隊は、南茅場町から霊岸島を経て、永代橋を渡った。そこは深川佐賀町である。さらに、一隊は富ケ岡八幡宮の門前通りに入り、東にむかった。八幡宮の門前を過ぎて左手前方に三十三間堂の甍《いらか》が見えてきたところで、路傍に足をとめた。

そこに、繁吉と綾次が待っていた。

隼人は繁吉たちから、あらためて増川と宗七が隠れ家にいることを確認した後、

「天野、ここで分かれよう」

と、声をかけた。

隼人と天野はここに来る前に相談し、ふたりが別々に増川と宗七を捕らえることに

したのだ。

増川の隠れ家は三十三間堂の裏手にあり、宗七の隠れ家は入船町にあった。ふたりの隠れ家は近かったので、片方を捕らえてから次にむかうと、捕物の噂《うわさ》を耳にして逃亡される恐れがあったのだ。

「承知」

天野は顔をひきしめて応《こた》えた。

「天野の旦那、こっちですぜ」

繁吉が先にたった。繁吉は、利助から宗七の塒を知らされているようだ。

天野たち一隊の捕方は、十五人だった。残った捕方は、六人である。隼人は天野に、捕方はすくなくていい、と話しておいたのだ。

隼人は、端《はな》から増川を捕縛するつもりはなかった。増川の遣う飛燕斬《ひえんぎ》りと立ち合うつもりでいたのである。

隼人は増川を捕らえようとすれば、大勢の犠牲者が出るとみていた。それに、隼人の胸の内には、ひとりの剣客として増川の遣う飛燕斬りと勝負したい気もあったのだ。

隼人は、己が増川に敗れることもあると考え、利助と綾次に、

「おれが、増川に斬られたら、増川を捕ろうとせずに逃がしていい。増川の跡を尾《つ》け

て、行き先をつきとめるのだ」

と、話しておいた。利助と綾次で、増川の行き先をつきとめれば、天野があらためて相応の捕方をむけて捕縛するだろう。

「綾次、案内してくれ」

隼人が綾次に声をかけた。

「こっちでさァ」

綾次は先にたち、左手の通りに入った。

そこは、三十三間堂の裏手に通じる道である。ちらほら人影があった。武士の姿もあったが、地元の住人らしい男が目立った。隼人たちの姿を見て、慌てて道をあける者もいた。捕方と気付いたのであろう。

綾次は通りをいっとき歩き、三十三間堂が迫ってきたところで足をとめ、

「旦那、そこの畳屋の先にある家が、やつの隠れ家でさァ」

前方を指差して言った。

道沿いに小体《こてい》な畳屋があった。店の親爺《おやじ》らしい男が畳床に縁を縫いつけていた。店の先にある借家らしい家が、増川の住居らしい。

「利助は、どこにいる」

隼人が訊いた。利助は増川の隠れ家を見張っているはずである。

「親分は、畳屋の向かうにいやす」

「行ってみよう」

隼人たちは、足早に畳屋の前を通り過ぎた。

「親分は、そこの椿《つばき》の陰に」

綾次が指差した。畳屋の脇に狭い空き地があり、その隅に椿が枝葉を茂らせていた。その陰に人影がある。利助らしい。

利助は隼人たちの姿を目にしたらしく、すぐに椿の陰から出てきた。

「増川はいるな」

隼人が、利助に念を押すように訊いた。

「いやす」

「独りか」

「増川独りのようで」

利助によると、半刻（一時間）ほど前、借家の前まで行って確かめたが、増川の他にひとのいる気配はなかったという。

「そうか」

隼人は借家の周辺に目をやった。増川と闘う場所を探したのである。

家の前の路地は狭過ぎた。それに、近所の住人が目にして騒ぎだすかもしれない。

隼人は、借家の脇の空き地に増川を引き出そうと思った。雑草に覆われているが、茨《いばら》や足にからまる蔓草《つるくさ》はないので、足場はそれほど悪くない。

隼人は捕方たちに、

「おれが声をかけるまで、手を出すな」

と念を押し、借家の戸口にむかった。

2

隼人は借家の表戸をあけた。

狭い土間があり、その先が座敷になっていた。増川は座敷のなかほどに座して、茶を飲んでいた。自分で淹《い》れたらしく、脇に急須が置いてあった。

増川は戸口に入ってきた隼人を見て、驚いたような顔をしたが、

「おぬし、ひとりか」

と、訊いた。隼人にむけられた双眸《そうぼう》が、鋭いひかりをはなっている。

「おぬしと闘うのは、おれひとりだ」

隼人も増川を見すえて言った。隼人の顔もひきしまり、身辺には剣客が敵と対峙《たいじ》したときの覇気があった。

「おれと、やるつもりか」

増川は膝の脇にあった大刀を手にして立ち上がった。

「そのつもりだ」

「おもしろい」

増川は大刀を腰に帯びた。

「ここは、狭い。家の脇の空き地がいいだろう」

隼人が言った。

「よかろう」

増川は戸口に出てきた。

隼人と増川は借家の脇の空き地で対峙した。ふたりの立ち合い間合は、およそ四間――。まだ斬撃の間境《まざかい》の外である。

すこし風が出てきた。空き地の雑草が、サワサワと揺れている。

利助や捕方たちは、空き地の隅や路地に散らばり、固唾《かたず》を飲んで隼人と増川を見つめている。

増川は上段に構えた。両拳を頭上にとる高い上段である。どっしりと腰の据わった大きな構えだった。

……これが、飛燕斬りの構えだ。

すでに、隼人は増川の飛燕斬りと切っ先を合わせていたので、驚きはなかった。増川はこの構えから、真っ向へ斬り下ろしてくるはずである。

そのとき、隼人は野上の言葉を思い出し、この立ち合いは、間合の読みが勝負になる、胸の内でつぶやいた。

隼人は青眼《せいがん》に構えた刀身をすこし下げ、剣尖《けんせん》を増川の胸のあたりにつけた。刀身を低くすることで、間合を遠く見せようとしたのだ。

増川の表情は動かなかった。増川も隼人と闘っていたので、隼人の腕のほどを知っていたのだ。

ふたりは、上段と低い青眼に構えたまま動かなかった。しだいに、ふたりの全身に気勢が満ち、斬撃の気配が高まってきた。ふたりとも、気の威圧で敵の構えをくずそうとしているのだ。気攻《きぜ》めである。

ふたりの構えは、くずれなかった。気で攻め合ったまま時が流れた。数瞬であったのか、それとも小半刻（三十分）ほども過ぎたのか――。ふたりに、時間の経過の意識はなかった。それだけ、全神経を敵に集中させていたのだ。

ふいに、増川が右足を前に出し、

「行くぞ！」

と、声をかけた。

「おお！」

隼人も右足をわずかに踏み出したが、その場から動かなかった。

ザッ、ザッ、と増川の足下《あしもと》で音がした。増川が爪先で雑草を分けるようにして間合をつめてくる。

隼人は気を静めて増川との間合を読みながら、かすかに両肘を前に出した。そうやって、隼人は刀身を一寸ほど前に出したのだ。増川は、隼人の刀身が前に出たのを気付いていない。おそらく、増川は一寸だけ遠い間合から仕掛けてくるはずだ。その一寸の差が、勝負を決するかもしれない。

増川は痺《しび》れるような剣気をはなち、間合をつめてくる。増川の全身に気勢が漲《みなぎ》り、斬撃の気配が高まってきた。

隼人は増川との間合と斬撃の起こりを読んでいる。

増川の寄り身がとまった。まだ、一足一刀の斬撃の間境から一歩ほど遠かった。以前、立ち合ったときと同じ間合である。いや、隼人が両肘を前に出したために一寸だけ遠い。

……この間合で、仕掛けてくる！

と、隼人は察知した。

だが、増川はすぐに仕掛けてこなかった。全身に激しい気勢を込め、気魄《きはく》で隼人を攻めた。隼人の気を乱してから、斬り込むつもりらしい。

タアッ！

突如、隼人が鋭い気合を発し、つッ、と切っ先を前に出した。斬撃の起こり、と見せかけたのだ。

この隼人の仕掛けで、両者をつつんでいた剣の磁場が裂けた。

イヤアッ！

裂帛《れっぱく》の気合を発しざま、増川が斬り込んできた。

一歩、踏み込みざま真っ向へ――。

迅《はや》い！

一瞬、隼人の目に刀身のきらめきが映じただけである。次の瞬間、切っ先は隼人の鼻先をかすめて流れた。隼人が肘を伸ばして間合を遠く見せたため、増川の切っ先がとどかなかったのだ。

すかさず、隼人は半歩身を引いた。

次の瞬間、増川の体がひるがえり、刀身が横にはしった。

縦から横へ——。ひるがえる飛燕のように、閃光《せんこう》がはしった。その切っ先が、隼人の胸元をかすめて空を切った。

刹那《せつな》、隼人は青眼から逆袈裟《ぎゃくげさ》に斬り上げた。一瞬の反応である。

ザクッ、と増川の小袖の袖が裂けた。

あらわになった増川の左の前腕から血が飛んだ。隼人の切っ先が、刀を横に払った増川の左腕をとらえたのだ。

次の瞬間、隼人と増川は大きく後ろに跳んだ。ふたりとも、敵の二の太刀を避けるために間合をとったのである。

ふたたび、隼人は青眼、増川は上段にとった。

上段に構えた増川の刀身が、ワナワナと震えていた。左の前腕が、赤い布を巻いたように真っ赤に染まっている。

……勝てる！

と、隼人は踏んだ。

増川は、あきらかに平静さを失っていた。顔を苦痛でゆがめている。体に力が入り、構えもくずれていた。真剣勝負のおりに、気の乱れは読みを誤らせ、体の力みは一瞬の反応をにぶくする。

ふたりは、青眼と上段に構えたまま動かなかった。

「いくぞ！」

隼人が先《せん》をとった。

ズズッ、と隼人の足元で音がした。隼人が爪先で叢《くさむら》を分けながら、増川との間合をつめ始めた。

と、増川も動いた。上段に構えたまま摺《す》り足で間合をつめてくる。ただ、増川は気攻めもなく、構えもくずれていた。増川の焦りが、気で攻める余裕を奪ってしまったのだ。

ふたりの間合が、一気に狭まった。

一足一刀の斬撃の間境に迫るや否や、増川が仕掛けた。

オリァッ！

甲走った気合を発し、上段から真っ向へ――。

たたきつけるような斬撃だった。だが、迅さも鋭さもない。隼人は半歩身を引いてこの斬撃をかわした。

つづいて、増川は刀身を返して横に払おうとした。

この一瞬を、隼人がとらえた。

タアッ！

鋭い気合とともに青眼から斬り下ろした隼人の切っ先が、横に刀を払おうとした増川の右腕をとらえた。

鈍い骨音がし、増川の右腕が垂れ下がった。皮肉をわずかに残して、骨ごと斬られたのだ。刀は取り落としている。

グワッ！　と呻《うめ》き声を上げ、増川は後ろによろめいた。腕の斬り口から、筧《かけい》の水のように血が流れ出ている。

すかさず、隼人は増川との間合をつめ、袈裟に斬り込んだ。とどめを刺そうと思ったのである。

切っ先が、増川の首をとらえた。

ビュッ、と増川の首から血が飛び散った。増川は血を撒《ま》きながらよろめき、草株に足をとられ、つんのめるように前に倒れた。

叢に伏臥《ふくが》した増川は、四肢を痙攣《けいれん》させているだけで、頭を擡《もた》げようともしなかった。

首から噴出した血が、叢のなかでカサカサと音をたてている。

隼人は倒れている増川のそばに来て目をやり、

……飛燕斬りを破った。

と、胸の内でつぶやいた。

そこへ、利助や捕方たちが集まってきた。どの顔にも、凄絶《せいぜつ》な闘いを目にした興奮と隼人に対する驚嘆の色があった。

3

そのころ、天野の一隊は嘉蔵店《よしぞうだな》にいた宗七を捕らえていた。

宗七は、長屋に踏み込んできた天野たちに匕首《あいくち》を手にして抵抗した。

捕方たちは十手をむけて、宗七を取り囲んだ。

宗七の背後にいた捕方のひとりが、後ろから宗七の右肩を十手で殴りつけた。その拍子に、宗七は手にした匕首を取り落とした。

すかさず、そばにいた捕方たちが宗七に襲いかかり、その場に押し倒した。ひとりが宗七に馬乗りになり、両腕を後ろにとった。そして、そばにいた捕方の手も借りて、宗七を後ろ手に縛った。

「引っ立てろ！」

天野が捕方たちに声をかけた。

天野たちは、捕縛した宗七を南茅場町の大番屋に連行して仮牢に入れた。これで、押込み一味四人のうちのひとりである増川を討ち取り、宗七、元造、百助こと政五郎の三人を捕らえたことになる。

隼人は増川を討ち取った翌朝、天野とともに大番屋へ出かけた。今後、吟味方与力の手で三人の吟味が始まるはずだが、その前に訊いておきたいことがあったのだ。


隼人と天野は、まず吟味の場にお梅を引き出した。お梅は押込み一味ではないが、元造のことはむろんのこと、政五郎のことも知っているとみたのである。

土間に敷かれたお梅は、後ろ手に縛られていた。丸髷《まるまげ》が乱れ、髪が頬や首筋に垂れ下がっていた。顔が紙のように蒼《あお》ざめ、体は激しく顫《ふる》えている。

お梅は、前に立った隼人に縋《すが》るような目をむけ、

「お、お役人さま、あたしは、何も悪いことはしていません」

声を震わせて言った。

「ならば、隠さず話すのだな。何もしていなければ、解き放ってやってもいい」

「な、何でも、お話しします」

「では、訊くぞ。元造とは、どこで知り合った」

「あ、あたしが、八幡様の前の茶店で、茶汲《ちゃく》みをしていたときに」

八幡様とは、富ケ岡八幡宮のことである。茶店と口にしたが、水茶屋のことであろう。水茶屋は若くて器量のいい茶汲み女をおいて、客に給仕させた。そうした茶汲み女のなかには、客の男と親密になる者もすくなくなかった。

「元造の生業《なりわい》はなんだ」

隼人が訊いた。

「大工と言ってましたが……。あの男《ひと》、働きにはいかないようでした」

「百助という男が、長屋に来たことがあるな」

「あります」

お梅は、隠さず話した。

「百助は偽名で、本名は政五郎なのだが、政五郎の名を聞いたことがあるか」

「はい、一度だけ、元造さんが、百助さんのことを政五郎と呼んだことがあります」

「やはり、そうか」

隼人は、さらに宗七と増川のことも訊いてみたが、お梅は知らなかった。

隼人たちは、お梅につづいて、元造を吟味の場に連れてきた。

元造は吟味の場に座ると、チラッと隼人たちに目をむけたが、すぐに視線を膝先に落としてしまった。顔が蒼ざめ、体が小刻みに顫えている。

「元造、百助とどこで知り合った」

隼人は、政五郎の名は口にしなかった。まず、百助のことで喋《しゃべ》らせようとしたのである。元造は戸惑うような顔をした。真っ先に、押込み一味のことで訊かれると思ったのであろう。

「どこで知り合ったのだ」

隼人が語気を強くした。

「両国の飲み屋で……」

「いつごろ、知り合ったのだ」

「三年ほど前《めえ》に……」

「百助は偽名で、政五郎が本名であることを知っているな」

「し、知りやせん」

元造が声をつまらせて言った。動揺している。

「元造、白《しら》を切っても無駄だよ。お梅がな、おまえが百助のことを政五郎と呼んだのを聞いているのだ」

「お梅め……」

元造の顔に怒りの色が浮いたがすぐに諦めの表情に変わった。これ以上、隠せないと思ったのかもしれない。

「押込みに入ることを持ち出したのは、おまえか、それとも政五郎か」

「お、押込みのことなど、知らねえ」

元造が声を震わせて言った。

「おい、政五郎は、もぐりの政と呼ばれる盗人だぜ。その政五郎の名を口にしたおまえが、押込みのことなど知らねえ、と言っても、通らねえだろう」

隼人の物言いが、急に伝法《でんぽう》になった。

「……！」

元造はガックリと肩を落とした。だが、己が押込み一味であることは認めようとしなかった。

「元造、政五郎だけでなく、宗七も捕らえてあるのだ。それにな、おまえたちのことは、ずっと跡を尾けていた。……おめえたちが跡を尾けられないように、一膳めし屋の裏手から出ていたことも知っている」

「……!」

元造の顔から血の気が引いた。

「おめえは、押込み一味のひとりだな」

元造は応えなかったが、ちいさくうなずいて激しく顫えだした。

「元造、政五郎とはどこで知り合ったのだ」

隼人が声をあらためて訊いた。

「と、賭場で……」

元造が声を震わせて答えた。

「宗七とは」

「同じ賭場で」

「賭場でつながったのか」

どうやら、押込み一味は賭場で顔を合わせてかかわりを持ったようだ。

その後、元造が隼人と天野の訊問《じんもん》に答えたことによると、その賭場に、増川は用心棒として出入りし、話をするうちに仲間にくわわったという。

賭場は深川黒江町にあり、彦兵衛《ひこべえ》という男が貸元をしているそうだ。いずれ、天野が賭場を探り、手を入れることになるだろう。ただ、彦兵衛は押込み一味が捕らえられたことを知り、賭場のことも町方に知れるとみて、姿を消してしまうかもしれない。

隼人たちは元造につづいて、宗七を吟味の場に連れてきた。

当初、宗七は口をとじたままだったが、すでに元造が自白し、政五郎まで捕らえられていることを知ると、観念したのか、しゃべるようになった。

ただ、宗七から聞き出すことはあまりなかった。すでに、元造が隼人たちの知りたいことの多くをしゃべっていたからである。

宗七の自白から新たに分かったことといえば、野田屋と松坂屋に押し入ることを持ち出したのは、政五郎と元造だったという。

「政五郎が、まだひらいているうちに店内にもぐり込み、夜になってから仲間たちを引き入れたのだな」

隼人は、念のために訊いてみた。

「そうだ」

宗七の顔は、血の気がなかった。体が小刻みに顫えている。

「錠前をやぶったのも、政五郎か」

隼人は、政五郎が錺職《かざりしょく》だったと聞いていたので、政五郎にちがいないとみていた。

「やつが、錠前をやぶった」

宗七が肩を落として言った。

最後に、政五郎が吟味の場に引き出された。

政五郎は隠さなかった。隼人たちの手で床下から引き出され、古着屋の百助は世間を欺くための仮の名で、正体はもぐりの政五郎と呼ばれる盗人であることが知られた以上、隠してもどうにもならない、と観念したようだ。

「野田屋と松坂屋を狙ったのは、どういうわけだ」

隼人に代わって天野が訊いた。

「金があり、入りやすかったからだ」

政五郎が言った。

「奪った金は、どうした」

「四人で山分けした。……他の三人のことは知らねえが、おれの金は甕《かめ》に入れて、古着屋の床下に隠してある」

政五郎は、訊かれないことまでしゃべった。もっとも獄門は免れないとみて、金を隠しておいても仕方がないと思ったのだろう。

天野の訊問が終ったところで、

「おまえほどの腕があったら、仲間はいらないのではないか」

隼人は訊いてみた。

「そんなことはねえ。金のある蔵をあけて持ち出すまでには、店の者に見つかることもある。そのとき、腕のたつ男は役にたつ。……それに、蔵の有り金を運び出すのは、ひとりじゃァ重過ぎるのよ」

政五郎は薄笑いを浮かべ、嘯《うそぶ》くように言った。

だが、隼人が黙したままでいると、

「もう、なにもかも、お終《し》めえだ……」

そうつぶやいた政五郎の顔を、恐怖と絶望の暗い翳《かげ》がおおった。

4

「旦那、もう一杯」

八吉が銚子を手にして言った。

豆菊の奥の小座敷だった。隼人と八吉の他に、利助、綾次、繁吉、浅次郎の四人の顔もあった。

七ツ（午後四時）ごろだった。隼人が利助に頼み、繁吉と浅次郎を豆菊に呼んだのである。隼人たちが、元造、政五郎、宗七たちを捕縛して一月ほど過ぎていた。隼人は事件の始末がついたので、慰労のつもりで豆菊で一杯やることにしたのだ。店の客は、小座敷にいる隼人たちだけだった。八吉が気を利かせ、今日だけは他の客を入れなかったのである。

「すまんな」

隼人は猪口《ちょこ》を差し出し、八吉に酒をついでもらった。

八吉は隼人が猪口の酒を飲み干すのを待って、

「それで、お縄にした政五郎たちは、吐きやしたか」

と、訊いた。

隼人は、政五郎たちの吟味のことは八吉たちに話してなかったのだ。

「吐いたよ」

隼人は、天野とふたりで吟味したときのことを話し、その後、吟味方与力に政五郎たちが自白したことも言い添えた。

「政五郎たちは、小伝馬町に送られるんですかい」

利助が訊いた。

「そうなるな」

捕らえた元造、宗七、政五郎の三人は、ちかいうちに小伝馬町の牢屋敷に送られることになっていた。

「元造たち三人は大金を盗み、ふたりも殺してるんだ。三人とも首を落とされるにちげえねえ」

綾次が顔をしかめて言った。その顔が、赤くなっている。ちかごろ、綾次も酒を飲むようになったが、あまり強くないようだ。

「市中引廻しの上、獄門はまぬがれまいな」

隼人は、三人とも厳罰に処せられるとみていた。

「旦那、あっしには、まだ分からねえことがあるんですがね」

八吉が銚子を手にしたまま言った。

「なんだ」

「政五郎たちは、なぜみみずく小僧を真似《まね》た頭巾《ずきん》をかぶって店に入《へえ》ったんです。みみずく小僧の仕業に見せようとしたんですかね」

八吉が首をひねった。

「そのことだがな、政五郎の胸の内には、みみずく小僧の名を貶《おとし》めたい気持ちがあったようだな。盗人仲間として、みみずく小僧だけが、世間でちやほやされているのが、面白くなかったらしい」

隼人も、政五郎たちがなぜみみずく小僧を真似たのか、気になってそれとなく政五郎に訊いてみたのだ。

「盗人の焼き餅ですかい」

繁吉が言った。

「まァ、そうだ。政五郎にしてみれば、同じ盗人なのに、みみずく小僧だけが世間で持て囃《はや》され、しかも、うまく足を洗って堅気《かたぎ》の顔をして暮らしている、それが、気に入らなかったのだな。それで、政五郎は、みみずく小僧はまだ盗人をつづけている、と世間に知らせたかったようだ」

「それで、みみずくの頭巾をかぶったのか」

そう言って、利助がうなずいた。

「政五郎には、もうひとつ別の狙いもあったようだ。八丁堀や火盗改《かとうあらため》の目が、ふたたびみみずく小僧にむけられれば、自分たちは追及されずにすむ。そうした読みもあったのだろうな」

「いずれにしろ、これで、盗人一味の片が付いたわけだな。……旦那、今日はゆっくりやってくだせえ」

八吉が、また銚子をとった。

それから、隼人たちは一刻（二時間）ほども飲んだ。隼人もいつになく猪口をかたむけた。

「そろそろ、帰るか」

隼人は腰を上げた。

すでに暮れ六ツ（午後六時）を過ぎている。このまま豆菊に泊まるわけには、いかなかった。これから八丁堀まで帰らなければならない。

「あっしが送りやすよ」

利助が言うと、

「あっしも」

そう言って、綾次が立ち上がったのはいいが、体がふらついて障子につかまらないと立っていられない。

「送らなくていい。綾次、今夜は泊めてもらえ」

隼人はそう言い置き、ひとり豆菊の戸口から出た。

利助や繁吉たちが、戸口まで見送ってくれた。

通りは淡い暮色につつまれ、道沿いの店は表戸をしめてひっそりとしていた。隼人は兼定を腰に帯び、懐手をして紺屋町の通りを日本橋の方へむかった。

そのとき、隼人はヒタヒタと背後に近付いてくる足音を耳にした。それとなく、隼人が振り返ると、夕闇のなかに黒い人影が見えた。菅笠《すげがさ》をかぶり、濃紺の腰切半纏《こしきりばんてん》に股引《ももひき》姿だった。町人の男であることは分かったが、遠方でもあり、何者なのか分からなかった。男は足早に近付いてくる。

……おれを、襲う気か！

隼人は、兼定の柄に手をかけた。

男の足音はしだいに大きくなってきた。隼人は、背後を振り返った。男は背後に迫ってきた。

……みみずく小僧だ！

隼人はその体軀《たいく》に見覚えがあった。

「旦那、お久し振りで……」

みみずく小僧が、声をかけた。

「おまえのお蔭で、政五郎たちを捕らえられたよ」

隼人が歩きながら言った。

「あっしも、旦那のお蔭で静かに暮らせやす」

みみずく小僧の声には、ほっとしたようなひびきがあった。

「ひとつ、訊きたいことがあるのだがな」

　隼人はみみずく小僧の足音を背後に聞きながら言った。

「何です」

「おめえと、政五郎はどんなつながりがあったのだ。同じ独り働きの盗人だったということだけではあるまい」

　隼人は、みみずく小僧と政五郎には、盗人とは別のかかわりがあったような気がしていたのだ。

「旦那には話しやすが、あっしも錺職でしてね。若いころ、政五郎はあっしと同じ親方のところにいやした。……やつはあっしより二つ歳下《としした》で、あっしの弟分だったんでさァ」

　ところが、みみずく小僧は親方とうまくいかず、二十歳のころ親方の許を飛び出したという。政五郎も、それから一年ほどして、後を追うように親方のところを出たそうだ。

「あっしの腕じゃァ、錺職で食っていけねえ。それで、盗みに入るようになったんでさァ」

　みみずく小僧が小声で言った。

「その後、政五郎はどうしたのだ」

「あっしは、親方のところを飛び出した後、政五郎のことは忘れてました。盗みをやるようになり、しばらく経《た》ってから政五郎もあっしと同じように独り働きの盗人になってることを知ったんでさァ。手口があっしと似てやして、政五郎があっしの真似をしてるかもしれねえと思いやした」

「それで」

隼人は話の先をうながした。

「どうして知ったのか、突然、政五郎があっしの塒にあらわれ、兄いのような盗人になりてえ、などとぬかしたんでさァ。あっしは、すぐに盗人から足を洗え、と怒鳴りつけてやりやした」

「政五郎は足を洗う気になったのか」

「とんでもねえ。政五郎は、足を洗うなら兄いが先に洗え、と言い残して帰《けえ》りやした」

「あっしは黒沢屋に入った後、ひとに手を出したことを悔いて足を洗いやした。……ところが、政五郎はちかごろになって、あっしを真似てみみずくの頭巾をかぶって店に押し入り、あっしに当てつけるように大金を盗み、平気でひとを殺《あや》めるようになった。あっしは、どうしても政五郎が許せなかったんでさァ。それで旦那に……」

　みみずく小僧の声に、怒りのひびきがあった。

「政五郎は、何とかおめえを追い越したかったんじゃァねえのか」

「そうかもしれやせん。政五郎は、昔からあっしと張り合うようなところがありやしたから」

「ところが、急におめえが足を洗っちまった。そこで、政五郎は別の盗人の道を選んだ。おめえのような盗人を貶め、仲間を集めて大金を奪う大泥棒になることで、おめえを見返したかったのかもしれねえな」

「馬鹿なやつだ……」

　そう言って、みみずく小僧は足をとめた。

　隼人が振り返ると、みみずく小僧が隼人に頭を下げた。

「いずれにしろ、みみずく小僧も、もぐりの政も、これで江戸の闇のなかに消えるわけだな」

　そう言い置き、隼人はゆっくりと歩きだした。

　背後で、みみずく小僧の足音が聞こえなかった。隼人は、みみずく小僧が路傍に立ったまま隼人の後ろ姿を見送っているのを知ったが、振り返らなかった。

本書は時代小説文庫（ハルキ文庫）の書き下ろし作品です。

時代小説文庫
と 4-31

みみずく小《こ》僧《ぞう》 八丁堀《はっちょうぼり》剣客《けんかく》同心《どうしん》

著者 鳥《と》羽《ば》 亮《りょう》

2016年6月18日第一刷発行

発行者 角川春樹

発行所 株式会社 角川春樹事務所
〒102-0074 東京都千代田区九段南2-1-30 イタリア文化会館

電話 03(3263)5247[編集] 03(3263)5881[営業]

印刷・製本 中央精版印刷株式会社

フォーマット・デザイン＆シンボルマーク 芦澤泰偉

ISBN978-4-7584-4009-7 C0193

http://www.kadokawaharuki.co.jp/[営業]
fanmail@kadokawaharuki.co.jp[編集] ご意見・ご感想をお寄せください。